그녀에게 바치는 시

J.H CLASSIC 076

그녀에게 바치는 시

표영인 시집

지혜

시인의 말

내 어머님에게 바치는 노래!

재인아!
예인아!
나의 사랑하는 두 딸아!
여기 이런저런 내 삶의 굴곡들을 모은다.
시와 삶에 대한 깊은 회의로 시 쓰기를
여러 번 중단한 때가 많았다.
그러나 시를 사랑하면 할수록
내 삶의 굴곡을 더욱 사랑하고
지금은 멀고도 멀리 있는 너희들을
더욱 더 사랑하게 되더구나!
이 시들은 아직 미숙하지만,
너희들 마음에서 꽃으로 만발하리라 본다.
먼 훗날 언제쯤,
너희들이 나보다 더 아름다운 시를 써서
내 영혼을 향기롭게 하고
너희의 삶을 더욱 풍요롭게 하면 좋겠다.
내 어머니에 바치는 내 이 헌시들이
내 어머니와 나에게 하는 것처럼.

2021년 6월 10일

4

Preface

Songs Dedicated to my Mother!

Jane!
Yein!
My two lovely daughters!
I collect this and that of my twisted life.
Many times, I gave up writing poems
due to my deep doubt about poetry and my life.
But I realize that the more I love my poems,
the more I love the twists of my life,
and the more I love you two, too far away right now.
I anticipate that these poems will bloom as flowers in you
two's hearts,
though not full-blown right now.
I wish you would write your own poems,
more beautiful than mine,
to make my soul more flagrant
and make your own lives richer,
sometime in the far-away future,
as these poems, dedicated to my mother, do
to my mother and myself.

June 10, 2021

차 례

1부 별나라 꽃나라

2부 아이들은 작은 하느님이다

3부　등산 2 : 너희의 황제가 왔느니라

4부　꿈속에서 살고 싶다

5부 인연 —어머님의 병상에서

6부 뉴턴 이후 —Big Apple 뉴욕에서

7부 100원짜리 행복: 세상은 재밌다!

8부 아, 2020년의 슬픈 뽕짝이여!

• 일러두기
한 연이 첫 번째 행에서 시작될 때는 > 로 표시합니다.

1부

별나라 꽃나라

그녀와 별나라 꽃나라에서 살면서 세레나데를 부르고 싶다!

별나라 꽃나라
— 용산 미군기지의 크리스마스트리를 보고

어느 추운 겨울밤
그녀가 내게 속삭인다.
"별이 꽃으로 만발하고
꽃이 별로 반짝이는
내 마법의 나라로 우리 함께
손잡고 들어가 봐요."

내가 고개를 끄덕이자
그녀가 손을 내밀고
내가 그걸 잡자 이내
Welcome!이란 팻말이 보이고
그녀의 동화나라 입구에 다다른다.

그녀가 그동안 꽉 걸어 잠근 자존심에
사랑이란 비밀번호를 입력하자,
땅은 별이 촘촘한 하늘이 되고
하늘은 깔깔거리는 꽃밭이 된다.

사슴은 별 다발이 되어
꽃마차를 끌고 가며 반짝이고

그 꽃마차에 탄 산타클로스는
북극성이 돼 깔깔거린다.
그걸 본 우리 둘이 깔깔 웃자
나는 7살 소년이 되고
그녀는 6살 소녀가 된다.

내가 그녀 귀에 속삭인다.
"나는 이제부터 그대의 별이 되고 싶어요."
그녀가 눈빛으로 대답한다.
"나는 그대의 꽃이 될게요."
우리가 깔깔거리며 손을 잡고
마법의 동화나라 출구를 나설 때
세상의 모든 것은
별이 돼 반짝이고
꽃이 돼 깔깔거린다.

그녀에게 바치는 시

그대는
내 시혼詩魂의 원천이자
나의 텅 빈 시절의 한숨을
뿜어낼 수 있는 통로이고
내 죽은 시절의 언어를
부활시키는 여인이다.

오늘따라 더욱 그대가 보고 싶어
이 황량한 들판에 서서
그대를 위해 가장 아름다운 시를 쓰고 싶어
사랑이란 말의 모음 ㅏ를 입김으로
두 번 훅 불어 하늘에 날리자
흘러가는 구름이 모여들어
ㅅ ㄹ ㅇ이란 자음으로 채운다.

하늘에 쓴
나의 가장 아름다운 시를
어디에선가 몰래 읽고
살포시 미소 지으며
저 하늘에 답할
그대의 숨결 소리를
숨죽여 기다리리라.

세레나데 학습법
― 고향 앞산에 올라 2

짝사랑하는 그녀에게
세레나데를 불러주고 싶으나
음치임을 한탄하는 친구여!
산에 올라가 보게나.

산에서는
바람이 추는 춤에 맞춰
나무들이 코러스를 불러주고
산새가 반주하여
음치라고 소문난 돌조차도
노래를 곧잘 부르게 된다는데
네 음치도 잘 치유될 거야.

산봉우리에 이르면 얏호! 하고
목청껏 소리를 질러보게.
능선은 그 투박한 얏호!를
아름다운 메아리로 편곡하고
골짜기는 그 얏호!를 증폭하여
너의 가슴에 메아리로 울릴 거야.

\>

그렇게 하고 산에서 내려와서
그녀를 향해 "사랑해!"하고
세레나데를 불러보게.
너의 목젖은 그 무뚝뚝한 사랑해!를
감칠맛 나는 세레나데로 편곡하고
너의 목구멍은 사랑해! 하고
그녀의 귀에 감미롭게 속삭여줄 거야.

그 사랑해!가 그녀의 마음에 스며들면
그녀가 살포시 웃으며 다가와
사랑해! 하고 네 귀에 속삭일 거야.

녹차를 마시며

석양이 비추는 창가에
탁자를 갖다 놓고 마주 앉아
그녀와 녹차를 마시고 싶다.

내가 그녀에게 뜨거운 사랑을 붓듯
뜨거운 물을 두 잔에 부으니
언제 왔는지 맞은편에 앉은 그녀가
내 마음에 자기 영혼을 담고는
녹차 봉지를 두 잔에 살짝 담근다.
내 사랑에 그녀의 순결이 풀리어 가고
녹차 향이 그녀의 눈동자에 스며들어
그녀의 미소가 되어 향긋하게 풍긴다.

녹차를 마시는 그녀를 바라본다.
그녀의 눈과 나의 눈이 마주치자
석양이 물든 건지 부끄러움이 물든 건지
그녀의 얼굴이 불그스레하고
까만 눈동자가 샛별처럼 반짝인다.
"사랑해!" 하고 그녀의 손을 잡는 순간
한 모금도 마시지 않은 그녀의 잔에는

녹차 봉지가 그대로 잠겨 있고
그녀가 간데온데없다.

사랑이란 녹차를 마시듯
아무 말 없이 눈을 지그시 감고
입맛을 다시며 느껴야 한다.
설탕처럼 달콤한 사랑을 즐기려고
사랑한다는 말을 섣불리 하는 순간
녹차가 너무 많이 녹은 그녀의 잔처럼
그녀의 맘을 씁쓸하게 만들고
다 마신 나의 빈 잔에는
다 우러나서 아무런 맛이 없는
칙칙한 녹차 부스러기 몇 개만 가라앉고
사랑을 다 쏟은 나의 마음에는
까만 기억 부스러기 몇 개만 가라앉는다.

춘천 나들이

춘천은 혼자 가는 곳이 아니다.
그대와 둘이 가는 곳도 아니다.
그대가 먼저 가서 기다리면
그대가 표를 사준 ITX를 타고
그대를 생각하며 가는 곳이다.

춘천에는 호수가 많고
호숫가의 산비탈에 곧추서서
산을 오르는 나무들이 많다.
낮은 산자락에서 나무들을 바라보며
흐뭇하게 웃는 들꽃도 많다.
산비탈은 혼자 오르는 곳이 아니고
같이 오르는 곳도 아니기에
나무가 먼저 올라가 기다리면서
잎을 흔들어 바람을 일으켜주면
들꽃은 그 바람을 타고
나무를 생각하며
깔깔 웃으며 오르는 곳이다.

들꽃 속에 파묻혀 나무들을 바라보며

춘천에서 하루를 보내다 보면
그대가 세상 비탈을 오를 때
왜 내가 들꽃이어야 하는지를 알겠다.
세상 비탈은 혼자 오르는 것이 아니고
그대와 같이 오르는 것도 아니기에
내가 먼저 올라가 눈빛을 보내주면
그대는 그 눈빛을 타고
춤추며 노래하며 오르는 곳이다.

그녀와 나

그녀와 나는 서로 사랑하였지요.
그녀가 내게 느끼는 사랑을 느끼고 싶어
나는 여자가 되어보고 싶었지요.
내가 그녀에게 느끼는 사랑을 느끼고 싶어
그녀도 남자가 되어보고 싶었지요.
그래서 우리는 바지와 치마를 바꿔 입었지요.
깔깔거리다 그만 그대로 잠들고 말았지요.
장난기 많은 하늘의 신선이 내려와
나의 턱수염을 뽑아 그녀의 턱에 달아주고
그녀의 아름다움을 벗겨내 내 얼굴에 발라주었지요.
신선이 깜박 잊고 남근과 자궁을 바꿔주지 않아
그날부터 우리는 남자 반 여자 반으로 살게 되었지요.
먼 훗날 아이를 낳는지를 보고서야
누가 남자이고 누가 여자인지 알게 되겠지요.
그때까지 그녀는 남자의 고통을 알아가고
나는 여자의 고통을 알아가겠지요.
남자에게나 여자에게나 고통이 바로
사랑이란 것도 알아가겠지요.

주례사

여보게들,
신랑 신부.
인간은 말일세,
신과 동물의 중간으로 태어났다네.
그러나 중간으로 살 수 없지
낮에는 신으로 살고
밤에는 동물로 살게나.

그녀에게 쓰는 가을 초대장

그대여
풍요로운 가을이 왔어요.
지난 계절에 부산했던 덕택으로
거둘 것들이 벌판에 가득합니다.
까치밥은 남겨두고 거두겠어요.
곧 도착할 겨울철새들을 위하여
충실하게 익은 곡식을
제법 많이 흘리는 실수도 하겠어요.
겨우내 땅속에서 따뜻함이 절실한
미물들을 위하여 가랑잎을 모아
덮어주기를 잊지 않을게요.

그렇게 가을걷이가 끝나면
그대에게 초대장을 쓸게요.
포물선을 그리며 땅에 막 닿으려는
가장 아름다운 색깔의 낙엽을 붙잡아
이른 봄에 책갈피에 끼워둔 개나리꽃과 함께
진달래로 꽃물들인 분홍빛 봉투에 넣은 후
햅쌀로 만든 밥풀로 우표를 붙여
코스모스 향에 띄워 보내리다.

>

가을걷이로 거둔 게 가득한 마당에서
휘영청 밝은 보름달을 국화 찻잔에 띄우고
이마를 맞댄 그대 눈동자에 비친 나를 바라보며
개나리꽃이 피기 시작한 시간부터
낙엽이 지기까지의 길고 긴
그대의 달고 쓴 이야기를 밤새 음미하며
국화차를 마시고 싶어요.

가을비 3

── 그녀에게 띄우는 가을 편지

그대여,
지난 계절엔 무척 바빴어요.
그 덕에 들판에는
황금빛이 넘실거려요.

하늘엔 햇살이 눈에 부시고
새털구름이 하얗게 빛나네요.
새들은 신이 나서 날아다니고
바람이 불 때마다 나무들은
한 움큼씩 색종이를 뿌려대요.

그렇게 들뜬 마음으로
오늘 가을걷이를 마치니
들판이 너무 황량하네요.
그래서 따스한 녹차 잔을 들고
창밖을 바라보며 한 모금 마시니
따스한 녹차는 창을 타고 흐르고
늦가을 밤비는 내 목을 타고 흐르네요.

내년에도

그대가 보고 싶을 때마다
저 창을 타고 흐르는
빗방울만큼의 땀방울을 흘리며.
씨앗을 심고 물을 뿌리고 거름을 줄게요.
그러면 가을 들판에는
황금빛이 넘실거리겠지요.
그때도 가을걷이를 마치는 날 밤
따스한 녹차 잔을 들고 창밖을 바라보면
저 창을 타고 따스한 녹차가 흐르고
늦가을 밤비는 내 목을 타고 흐르겠지요.

2부

아이들은 작은 하느님이다

다시 아이가 되고 싶다.

돈에 대한 소고

1 돈이 향기로워

만 원짜리 한 장에
향수를 살짝 뿌려
딸아이에게 용돈으로 주었다.
"아빠 돈이 향기로워."

2 돈 색깔

우리의 만 원권 앞뒤가 초록이고
일본 고액권도 초록이고
저금액 중국 지폐도 초록이다.
뒷면만이지만 미국 지폐도 초록이다.
부의 상징은 황금색이 아니기에
가을의 황금빛 들판이 더는 돈이 아니고
장관이나 국회의원이 사놓은
잡초밭이 돈이다.

>

3 100원의 팁

택시요금을 내고 팁도 주고
100원짜리 동전을 추가로 주며
"온종일 행복하세요"라고 말하니
택시가 떠나며 기사가 씩 웃는다.
나도 따라 웃는다.

아이들은 작은 하느님이다
— 유치원 그림 전시회를 다녀와서

아이들은 작은 하느님이다.
개구쟁이 저 애들이 엉뚱한 장난을 치듯
하느님도 그렇게 개구쟁이였을 거야
만들고 부수고 다시 만들며 세상을 꾸몄을 거야
들짐승이랑 날짐승이랑 물짐승이랑 나무랑 풀이랑
엉뚱한 장난감을 만들었을 거야
만든 것들을 아름답게 칠하고 싶었을 거야
손과 얼굴에 색깔을 묻히면서 알록달록 칠했을 거야
하늘에 해를 띄워 색깔들이 반짝이게 해주었을 거야

아이들을 더더욱 엉뚱하게 만들고 싶었을 거야
아름다운 꼬리를 달았다 떼었다 해봤을 거야
날개와 털도 달았다 떼었다 해봤을 거야
네 발로 기게 하고 세 발로 걸리기도 해보았을 거야
머리의 앞뒤로 하나씩 눈을 달아보니
앞뒤로 왔다갔다 헤맨다는 것을 알아냈을 거야
목소리로는 매미 소리랑 제비 소리랑
꾀꼬리 소리를 내도록 해봤을 거야
어느 것도 맘에 들지 않아서 어느 짐승도 못 내는
웃고 우는 목소리를 내도록 해주었을 거야

목소리로 낼 수 없는 소리는 휘파람으로 낼 수 있게 해주었을
거야
휘파람으로도 낼 수 없는 소리는 피리와 나팔을 불어 내고
그래도 못 내는 투박하거나 요란한 소리는
북, 징과 꽹과리를 두드려 내는 꾀를 주었을 거야

그렇게 만든 아이들을 처음엔 하얗게만 칠했을 거야
그중 하나를 까맣게 칠하니 그것도 참 예뻤을 거야
하얗고 까만 게 너무 좋아 깔깔 웃던 하느님이
노랑 물감을 들고 가려운 콧등을 긁다가
그만 콧등에 노랑 물감을 묻혀 그걸 닦으려고
거울을 들여다보니 그 색깔이 너무 예뻐
옳거니 이거지 하며 노랑 아이를 가장 많이 만들었을 거야
기거나 걸어 다니며 자기를 닮아 만들었다 부수고 다시 만드는
장난꾸러기 아이들로 가득 찬 자신의 놀이터가 너무 좋아
싱글벙글 웃다가 피곤한 나머지 자기도 모르게
달콤한 낮잠에 취해 있을 거야

낮잠을 자고 나면 철이 든다던데
빙그레 웃으며 잠자는 철부지 하느님이

이 세상을 재미있는 동화세상으로 완성할 때까지
잠을 깬 후에도
철들지 않았으면 참 좋겠다.

희망찬 동화세상

우리의 희망둥이가 크레용을 잡는다.
화판에는 탐스러운 안개꽃이 만발하다.
그 아이가 손을 움직이기 시작한다.
그의 손길을 따라 안개꽃이 소용돌이친다.
잠시 후, 푸른 하늘이 펼쳐지고
빛나는 태양이 중천에 떠오르고
생명수로 가득 찬 넓은 바다가 출렁인다.
단 하나뿐인 동화세상이 그 모습을 드러낸다.

자라는 은행나무 한 그루가 하늘만큼 높이 서 있고
그 곁에 맑은 옹달샘이 있다.
착한 사슴들이 은행나무 사이로 뛰어다닌다.
은행나무가 옹달샘에 잎을 떨어뜨려 노랗게 염색을 한다.
옹달샘에서 노란 노래가 흘러내린다.
사슴들이 그 노래 한 모금을 꼴깍 마신다.
그리곤 장난스레 하늘을 쳐다본다.
하늘에선 행복한 기린들이 내려보며 빙그레 웃는다.

사슴도 기린에게 빙그레 웃는다.
사슴과 기린이 마주 보고 갑자기 깔깔거리자.

온 우주가 깔깔거린다.

깔깔깔…

(아하 우주는 태초에 웃음바다이었구나!)

웃음은 눈물로 쏟아진다.

눈이 맑아지고

마음이 밝아진다. 이제

끝없는 우주를 끝까지 명확히 볼 수 있다.

"아, 아름답고도 아름답다!"고 탄성을 연발한다.

우리 희망둥이는 이 아름다운 그림을 둘둘 만다.

조심스레 그걸 가슴에 안는다.

가슴으로 나누는 사랑으로 평생 동안

그는 이 그림을 우주로 숙성시켜 갈 것이다.

숙성된 우주 속에서는 서로들 가슴으로 나누는 사랑으로

또 하나의 희망찬 동화세상이 창조될 것이다.

더 아름답고

더 안개꽃으로 가득 찬

그런.

그리움
― 기러기아빠의 노래 2

낮에는 저마다
색깔이 있고
색깔이 있는 것은
아름답다.
아름다운 것은 모두
너무 멀리 있어
그리움이 된다.

그리움을 하나 둘
진종일 지우다 보면
지워진 것들이 모여
밤이 된다.
너무 멀리 있어
지워도 지워지지 않는 것들은
눈동자에 고여
두 볼을 타고 흐르는
서러움이 된다.

* 작시 후기: 그럼 서러움은 무엇이 될까? 사랑이 될까? 미움이 될까? 그 무엇이 되든 그
  대답을 위한 3연은 독자의 몫이다.

피카소

하느님이 이 세상을 아름답게 꾸밀 때
찌그러지나 깨지거나 색깔이 우중충하여
추하게 보이는 것들은 모두 여기저기
아무도 찾아내지 못할 곳에 숨겨버렸다.
숨은그림찾기를 잘하는 피카소가
그것들을 찾아내 얼기설기 늘어놓았다.
추한 것들도 늘어놓기에 따라
아름다울 수 있다는 것을
하느님도 처음 알았다.
맹랑한 피카소가 아뿔싸
반듯한 모양을 찌그리고 깨뜨리고
색깔이 아름다운 것은 북북 긁어서
아무렇게나 여기저기 던져놓았다.
아름다운 것을 추하게 만들어
아무렇게 던져 놓음으로써 오히려
더 아름다울 수 있다는 것을
하느님도 비로소 알았다.

하느님이 이 세상을 설계할 때
피카소와 상의했더라면
더 멋진 세상을 창조했을 텐데.

베토벤의 제10 자연교향곡

하느님이 태초에 소리를 만들어
아무도 찾지 못하게 여기저기 숨겨두었다.
설혹 누가 찾아내더라도 조합하지 못하게
속 소리와 겉 소리로 분리하여 따로따로 숨겼다.
이를테면, 속 소리는 꾀꼬리의 입, 나비의 날개,
풀잎의 몸짓, 아기들 마음 등등에 보관하고
겉 소리는 구름, 바다, 황소의 목구멍 등등에 보관하였다.

베토벤이 그 소리를 하나하나 찾아내서
속 소리는 바이올린, 비올라, 플루트로 불어서 내게 하고
겉 소리는 심벌즈, 팀파니 등을 두드려서 내게 하고
이 소리 각각에 맞는 짝을 찾아내는 비결까지 알아내
하느님이 지은 천상의 음악보다 더 아름다운
여덟 개의 교향곡을 작곡했다.
금기의 비결을 함부로 사용하는 게 괘씸해
하느님이 그를 청각장애인으로 만들어
아무런 소리도 듣지 못하게 만들었다.
그는 차라리 아무 잡음이 없음을 감사하며
맑은 영혼으로 기억을 더듬어 제9 교향곡을 작곡했다.
하느님이 그 연주를 엿듣고 너무 좋아

벌을 줄 게 아니라 곁에 두고
천상의 음악을 작곡시키고 싶어
막 시작한 제10 교향곡을 완성하기 전에*
하늘에서 완성하라고 그를 불러올렸다.

하느님이 태초에 만들어 때
본래 아름다운 소리인 새 소리, 벌레 소리,
보슬비 소리, 아기 울음소리뿐만 아니라,
시끄러운 소리일 뿐이던 천둥소리, 바람 소리,
파도 소리, 망치 소리를 그가 잘 조합해
마침내 하늘에서 제10교향곡을 완성했다.
그걸 천사들에게 연주시켜 들어보고
하느님이 너무 감격해서 천사장에게
이 곡을 자연교향곡이라 부르라 이르시고
열어둔 마음마다 스며들도록
인간의 세계에 풀어놓으라 이르셨다.

* 베토벤은 제10 교향곡의 제1악장만을 완성하고 타계하였다 한다.

드보르자크의 신세계 교향곡
— 홍콩 필하모니 오케스트라의 연주회를 다녀와서

지휘자가 지휘봉을 쳐든다.
청중의 모든 시선이 그 끝에 모인다.
지휘봉이 그 시선을 휘감아
뭔가를 그리더니 공중으로 던진다.
학 한 마리가 커다란 날갯짓으로
정적을 한 아름 안았다가 확 뿌려
콰앙 콰가앙 콰앙 콰가앙~
팀파니 소리를 쏟아내며
음악당 안을 날아오른다.

음악당 안을 한 바퀴 휙 돌고는
너울너울 춤추는 날갯짓 소리로 내는
잔잔한 선율에 이끌려 청중이
지휘봉에 휘감겨 한 마리 두 마리 세 마리
새끼 학이 되어 날아오른다.
새끼 학들의 날갯짓에서
바이올린 소리, 비올라 소리,
첼로 소리, 오보에 소리, 클라리넷 소리,
트라이앵글 소리와 하프 소리가 쏟아진다.

\>

새끼 학들이 스스로의 소리에 취할 즈음
째재재재쟁~쩅~ 하는 심벌즈 소리를 내고
어미 학이 천장으로 날아오른다.
새끼 학들이 따라 오른다.
그 날갯소리의 선율에 실려
음악당이 두둥실 떠오른다.
사바세계에 대한 마지막 인사로
음악당은 남산을 빙빙 돌면서
엉덩이를 흔들어 주고
구름 위로 솟아오른다.

잘 가라, 학들이여
잡다한 소리로 늘 시끄러운
이 사바세계를 떠나
은하가 잔잔히 흐르며
맑은 영혼들이 춤추는
저 신세계로
훨훨
날아가거라.

종이비행기

— 기러기아빠의 노래 1

1
어린 시절 어느 가을날
새털구름 사이로 날아가는
하얀 비행기를 처음 보았을 때 나도
그 비행기를 타고 하늘을 날고 싶었다.
그날부터 그 비행기의 높이는 내 꿈의 높이였고
그 비행기가 사라진 새털구름 속 저쪽은
내 동경의 나라였다.

나는 날마다 종이비행기를 접어
하늘로 던져 날렸다.
날리는 것마다 곧바로 곤두박질치고
부서진 꿈의 조각처럼 종이비행기가
마당을 하얗게 뒤덮던 날 밤이면 훌쩍였다.
자꾸 던지다 보면 언젠가는 그중 하나가
하늘 높이 날아 새털구름 속 저쪽으로
갈 수 있으리라고 스스로 달래곤 했다.
그래도 울고 울다가 깜박 잠이 들면
마당의 종이비행기가 일제히 날아오르고
그중 가장 큰 하얀 비행기에 타고

나는 신나게 새털구름 사이를 날아다녔다.

2
하늘을 날아가는 비행기를 처음 보던
그때의 나만큼 자란 딸아이가
하늘을 날아가는 비행기를 처음 보던 어느 가을
자기도 비행기가 날아간 하늘 저쪽으로 날아가고 싶다며
종이비행기를 접어달라고 졸라 하늘로 던졌다.
던진 것마다 곧바로 곤두박질치고
그런 밤이면 남몰래 훌쩍거리던 그 애
나는 아무 말도 해주지 않았다.
그렇게 던지다 보면 언젠가는 그중 하나가
그 애를 싣고 하늘로 날아오를 것이고
그걸 타고 하늘을 날아갈 수 있으리라고
나처럼 스스로 달랠 수 있으리라 믿었다.
대신, 그런 날 밤이면 나는 그 애 꿈속에서
그 애와 종이비행기를 타고
새털구름 속으로 신나게 날아주었다.
아침에 깨어나 새털구름을 쳐다보던 그 애는
꿈속에서 하듯 내게 쌩긋 웃어주곤 했다.

＞

3

"아빠, 매일 종이비행기를 접고 있어

그중 하나가 하늘로 날아오르면 그걸 타고

아빠가 날아간 새털구름 속으로

아빠에게 날아갈 거야"

그런 편지를 써 보내던 딸아이가

하얀 비행기를 타고 새털구름 속을 날아서

하얀 옷을 입은 천사가 되어

인천공항 도착 출구에서 걸어 나왔다.

환하게 웃으며 그 애가 연 여행 가방은

하얀 종이비행기로 가득 차 있었다.

하늘에는 새털구름이 여기저기 흩어져 있었고

공항에는 하얀 비행기가 여기저기

종이비행기처럼 흩어져 있었다.

4

딸아이는 가방 가득 가져온 종이비행기를

아침부터 던지기 시작했다.

종이비행기가 마당을 하얗게 뒤덮던 날

그중 하나가 날아오르자 그 애는 그걸 타고

홀연히 새털구름 속 저쪽으로 날아갔다.
그 애가 못 견디도록 그리운 날이면
나는 그 애가 남긴 종이비행기를 하늘로 던졌다.
그들 모두 땅에 떨어지는 밤이면
베개에 얼굴을 묻고서 울음을 꾹꾹 참았다.
그중 하나가 언젠가는 날아오를 것이고
그걸 타고 새털구름 너머 저쪽으로
그 애에게 날아갈 것이리라고
스스로 달래면서 잠들었다.

3부

등산 2 : 너희의 황제가 왔느니라

산 위에서는 나는 황제다. 그런 삶을 살고 싶다.

나

미운 이들을 나열하면
그 끝에는 늘 내가 있다.
사랑하는 이들을 나열하면
그 끝에도 늘 내가 있다.

내가 가장 미운 나를 지나 자꾸 가보니
그 끝에는 내가 가장 사랑하는 내가 있다.
내가 가장 사랑하는 나를 지나 자꾸 가보니
그 끝에도 내가 가장 미워하는 내가 있다.

사랑과 미움이란
나로부터 시작해 나에게서 끝나는
긴 여정의 제자리걸음이구나.

구름아!

구름아!
너는 우연히 태어나
네 멋대로 그리고
네 멋대로 지우다가
비로 쏟아진 후
하늘로 날아올라
무지개로 피더구나.

구름아!
세상일도 다 그렇더구나
우연히 태어나
저 멋대로 자라다가
저 멋대로 사라지더니
봄비 내린 들판에
꽃으로 피더구나.

구름아!
나도 우연히 태어났다.
내 멋대로 살긴 하지만
내 멋대로 죽지는 못하겠구나.

그렇더라도 내가 죽는 날
내 영정 앞에서 눈물을 쏟아
맑아진 마음마다 나도
멋있게 살다간 사람이라는
이야기로 피어날 수 있을까?

나는 학鶴이다.
— 나의 자화상

구름에 날개 걸치고
바람 따라 노닐다가

해 저물 즈음
백록담에 깃 내리어
신선주 한 모금 쭉 들이마시고
저녁노을 속을
긴 부리로 휘휘 저어
피둥피둥한 은어銀魚 한 마리를 건져
불그레한 저녁 하늘을 듬뿍 찍어
안주로 꿀꺽 삼킨다.

언제 떠나도 아깝잖게
청솔가지 꺾어다가
얼기설기 지은 둥지에 걸터앉아
휘영청 달 밝으면
취한 몸 허공에 기대고
지상에 깔린 모든 희미한 것들을
꿈꾸듯 내려보며 살다가

\>

흰 눈이 펑펑 온 누리 덮는 밤
그 속에 육신을 벗어 묻어두고
한 떨기 흰 혼만이 훨훨
저 은하로 날아가리라.

백담사로 가는 길

알게 모르게 쌓인 스트레스가
더러는 한이 되고
더러는 업보가 되어
삶이 무겁다.

백담사로 가보자.
한용운이 한을 풀고자
그 아무개가 업보를 벗고자
합장했을 때
마음이 진심인지 위선인지도
전혀 가리지 않고
웃을 듯 말 듯한 자비로
큰 깨달음을 주셨을 부처님께로 가자.
그 앞에 합장하여 한숨을 쉬거나
펑펑 눈물을 쏟으면
나의 꾸부린 등 위로
웃을 듯 말 듯한 자비로
큰 깨달음을 주시리라.

산허리를 잘라 만든 곳일수록

안개가 자욱해진 도로를 서행하고
산을 뚫어 만든 터널도 드나들 때마다 내가
누구의 희망을 잘라 지름길을 만들지 않았나?
누구의 삶에 긴 상채기를 뚫지 않았나?
뒤로 더듬어 가는 기억에는 위선이 자욱하고
앞으로 달리는 터널 속엔 차량의 소음만이
내 변명처럼 요란하다.

그럭저럭 도착한 백담사 입구에는
안개가 말끔히 걷혔지만,
내 삶이 늘 그랬듯 딱 5분 늦어
절로 가는 막차 셔틀버스는 이미
저 멀리 산모퉁이를 돌아가네.

내 발걸음을 돌리게 하는 건
내가 부처님을 뵙기에
한숨으로 내쉬기엔 한이
한용운에 못 크게 미치고
울어 벗기엔 업보가
그 아무개에 크게 못 미친다는
부처님의 큰 가르침인가보다.

여름해수욕장에서 2
— 대천 해수욕장에서

치부만 가리고
비닐 튜브에 몸을 누이니
둥둥 물 위로 떠 오른다.
그동안 잔뜩 껴입은 무게로
세상 바닥에 가라앉은 채
허우적거리기만 했구나.

하늘에 일렁이는 구름을 쳐다보며
물결에 몸을 맡겨보니
파도가 등 뒤로 일렁이며 흘러간다.
세상사도 등 뒤로 흘리면 그만인데
엎드려 팔을 저어 헤엄치다가
짠물만 실컷 들이키고 말았었구나.

일렁임이 지루하여
튜브를 깔고 엎드려서
한 아름 안아서
한 아름 버린다.
사랑도 미움도 세상사도 모두
이처럼 안아서 버리면 그만인 것을.

도봉산 1

하느님이 세상을 만들 때
실패작을 모두 도봉산에 버렸다.
울퉁불퉁한 바위와 거무뒤뒤한 돌 조각
꾸부정한 나무와 막자란 잡초
이름 모를 보잘것없는 들꽃과
돌 틈새를 겨우 흐르는 빈약한 물줄기
신음 같은 바람소리와 투박한 까치소리
어느 하나 뒤죽박죽 아닌 것이 없다.
하느님에게는 그 쓰레기들이 너무 싫었던지
주위를 흙으로 쌓아 둘러막고
흩어지지 않도록 그 위에
못생긴 자운봉이란 큰 바위로
꾹 눌러놓았다.

오늘 도봉산에 올라가 보니
하느님에게는 쓰레기장일 뿐인 곳이
나에게는 더없이 아름답다.
인간이 아름다운 것들만 모아 만들어도
하느님의 이 쓰레기장만 할까?

등산 2 : 너희의 황제가 왔느니라
― 산 위에서

지구의 정수리를 발아래 밟았다.
풀꽃을 엮어 황관皇冠으로 쓰고
절벽을 병풍으로 두르고
바위가 바위 위에 겹겹이 목말에 목마를 타고
울퉁불퉁한 꼭대기에 걸터앉아
지상의 정수리가 부서지듯
쾅쾅 발을 구른다.

"여봐라,
게 아무도 없느냐?
너희의 황제가 왔느니라!"

끼리끼리 흩어져 쑥덕거리던 관목들이
허겁지겁 달려와 머리를 조아린다.
내가 손을 동쪽으로 휘저으니
손끝 가는 데까지 단숨에 달려간 산들이
천군만마같이 도열한다.
서쪽으로 눈길 한번 돌리니
천하가 내 제국의 영토로다.
하늘에는 새들이 경배하고

내 어가御駕에는 억새가 나부끼고
천하의 백성들이 구름으로 자욱하다.

"내가 이 천하를 너희의 낙원으로 만들어 주리라!"
"폐하, 만세!"

경춘선 ITX를 타고
　　— 은퇴일에

황금을 캘 꿈이라는 똥꿈을 깬 꼭두새벽
서울발 춘천행 ITX를 탑니다.
차창 밖을 바라보니 사람, 소, 나무, 꽃 모두
내가 거쳐 온 길을 거슬러 서울로 내닫습니다.
심지어 금이 되지 못한 돌과 바위조차 서울로 내닫습니다.
서울에는 캘 황금덩이가 많다는 소문 탓이리라.
꿈속에서 신선이 황금은 춘천에만 있다고 일러주었으니
저들이 들은 게 헛소문일 거야.

어젯밤 똥꿈이 개꿈이라고 투덜대며
늦은 밤 춘천발 서울행 ITX로 되돌아갑니다.
새까만 차창 밖에는 아무것도 보이지 않는데
나를 거슬러 춘천으로 가는 발걸음 소리가 요란합니다.
서울에선 황금을 캐지 못하면
그림자가 없는 귀신이 된다는 소문도 있던데
저 소리를 내는 건 아마
아침에 나를 거슬러 서울로 가던
사람, 소, 나무, 꽃, 돌의 귀신일 거야.

문득 차 안을 살펴봅니다.

나와 동행하는 자들 모두
그림자를 하나씩 가지고 있습니다.
귀신에겐 그림자가 없다는데
춘천에서는 황금을 캐지 못해도
귀신이 되지 않나 봅니다.
그런데 내 그림자는 보이지 않습니다.
춘천에서 나만 황금을 캐지 못하고
귀신이 되었나 봅니다.

황금은 꿈속에만 있을 뿐
서울에도 춘천에도 없다.
그림자 없는 귀신이 되지 않기 위해
그날 후 나는 더 이상
춘천행 ITX를 타지 않습니다.

남자를 위한 돼지 찌개 요리법

무를 자른다.
바람 든 부분을 도려낸다.
진작 도려냈어야 할
바람 안 든 부분이 없는
몸 곳곳이 쑤신다.

돼지비계를 자른다.
밤새 부석부석 살찌는
기실은 부황든 풀썩 살도
자른다 자른다 하면서도
차마 자르지 못한
내 목숨의 일부
우둔한 살기로 으깨듯 자르기에는
욕된 삶도 참 질김을 새삼 깨닫는다.

상식에 뿌리내린
밋밋한 일상의 속잎 파리
뿌리째 뽑아
마늘 두어 쪽 다지고
파 몇 줄기 잘라 버무린다.

느끼하거나 매스꺼운 인습은
생강 한 조각 빚어 삭이련다.
매운 아주 매운 고추도 네댓
대충대충 잘라 넣어야지
어차피 헛물만 켤 세상일지라도
입이라도 얼얼하여야
그 헛물이라도 맘껏 들이킬 수 있겠지.

마련된 모든 것을 울화통에 쓸어 넣는다.
적당히 물을 부으면 욕된 것일수록 더욱
몸을 사려 가라앉는다.
바람들었다 버렸던 무도 아까워 되레 주워다 넣는다.
짠 말씀을 한 숟갈 쳐 간을 맞춘 후
인고의 나날로 닳은 마음에
묵직한 침묵 한 덩이 얹어
울화통 뚜껑을 눌러 놓는다.

살면서 허허 웃어 어깨 위로 털어 버렸던
지금에야 가장 수모스럽던 것이 무엇인가,
곰곰 생각한다.

독설이 헉헉 뿜어 나온다.
세 치의 혓바닥이 활활 타오른다.
삭이지 못한 아픔은 여전히 건더기로 남고
녹은 것들은 내 육수를 뿜으며 분통해 한다.

잠시 후
독설이 바닥날 즈음
나는 시장기를 느낄 것이고
늘 나물뿐인 저녁상에 모처럼
기름기 둥둥 뜨는 돼지비계 찌개가
참 먹음직할 것이다.

소주 한 잔도 미리
따러 놓아야겠다.

4부

꿈속에서 살고 싶다

가난했기에 더욱 내 맘에
디지털화된 어린 시절을 여기에 재생해 본다.

산인山人
― 김소월의 산유화에 부쳐

꽃은
산이 좋아
산에 살고

새는
꽃이 좋아
꽃과 더불지만

나는
사람 싫어
꽃과 새와
더불어 살고픈데

꽃은
벼랑에서
고개 저리
돌리고

새는
돌아앉아
꼬리 털며
찌르르륵.

산에 관한 단상斷想
— 고향 앞산에 올라 1

1
산에 사는 것 중
겉모습이 대단한 것들은 낮은 곳에 살고
별건 아닌 것들은 높은 곳에 산다.

그래서
큰 나무들은 산자락에서 살고
작은 나무들은 산봉우리에 산다.
큰 새는 산자락에서 살고
작은 새는 산봉우리에 산다.
속 넓은 훈훈한 바람은 산자락에 살고
속 좁은 쌀쌀한 바람은 산봉우리에 산다.

덩치가 커 산 아래에 사는
맘이 작은 사람이여,
저 산 위에 올라가
얏호! 하고 소리를 질러보라.
덩치는 작지만 맘이 큰 사람이 되어
산 아래로 내려오게 된단다.

2

산에서는 끼리끼리 모여 산다.
풀은 풀끼리
나무는 나무끼리
물도 돌도 끼리끼리 모여 산다.

산 아래 말없이 사는 외로운 사람아,
어서 산에 올라가
야호! 하고 소리를 질러보라.
말없이 사는 외로운 그대의 짝
메아리가 야호! 하고 응답할 것이다.

고향 밤하늘

어린 시절 봄이면
나는 옆집 친구와 함께
민들레꽃 대롱을 꺾어
훅~ 하고 하얀 꽃씨를 불었고
그 꽃씨는 하늘 저 끝으로 날아갔다.
그걸 보며 우리는 깔깔 웃었다.

봄이 왔는데도
민들레꽃이 피지 않는 서울 생활
오늘따라 그와 민들레 꽃씨를 불어
하늘로 날리고 싶어
아직도 그 집에 사는 친구를 찾아갔다.

그날 저녁 우리는
그의 집 툇마루에 마주 앉아
그 시절의 이야기를 안주로 씹으며
그가 빚은 막걸리를 뚝배기에 가득 부어
주거니 받거니 하였다.
문득 나는 밤하늘을 올려다봤고
그도 그랬다.

하늘 가운데를 흐르는 은하수 기슭은
온통 노란 민들레 꽃밭이었다.

"친구야, 저 민들레꽃들은
그때 우리가 불어 날렸던
그 꽃씨에서 핀 거 맞지?"
"그래. 맞아. 네가 분 건 이쪽에 피었네."
"그래, 네가 분 건 저쪽에 피었고."
우리는 누가 먼저랄 것 없이 서로 쳐다보았다.
"친구야, 네 눈도 노란 민들레 꽃밭이구나!"
"네 눈도 그래!"

내가 그의 얼굴을 두 손으로 감싸고
그도 두 손으로 내 얼굴을 감쌌다.
그렇게 새벽이 되자
서로에게 꽃대롱이 된 우리의 두 손 각각에
노랑 민들레 꽃이 한 송이씩 피어나
깔깔거렸다.

냇가에서

어린 시절의 기억이 물안개로 피어오르는
고향 냇둑에 앉아 무릎에 턱을 괸다.

안개 낀 냇물에 함께 발을 담그던 친구들
더러는 낚싯대를 들고 냇물에 따라 내려갔고
더러는 족대를 들고 냇물을 거슬러 올라갔지.
아래로 내려간 친구는 잉어나 붕어를 낚았고
위로 올라간 친구는 피라미나 송사리를 건졌지.
낚시에 걸린 잉어나 피라미를 놓친 친구도
족대로 물풀만 건져 올린 친구도
저녁놀이 울긋불긋해지면 어깨동무하고
어둑어둑한 이 둑을 걸어가면서
서로에게 보일 듯 말 듯한 미소를 지으며
저 냇물 소리를 따라 신나게 흥얼거렸지.

안개투성이인 세상에 나간 친구들
큰 행운을 낚겠다는 친구는
세상 흐름을 따라 아래로 내려갔을 것이고
작지만 제멋에 살고 싶은 친구는
그 흐름을 거슬러 위로 올라갔겠지.

어디서건 저마다 크고 작은 행운을 낚으며
때론 낚은 행운을 놓치기도 하고
슬픔을 건져 올리기도 했겠지만
이 강둑에서 어깨동무하며 걷던
그 추억을 흥얼거리며
가족과 어깨동무하여
세상 강둑을 걸어가고 있겠지.

은행나무
─ 노령화된 고향을 다녀와서

어린 시절
내가 살던 농촌 마을 한가운데
열 아름드리 은행나무가 서 있었다.
봄이면 그네를 매 새처럼 공중을 날고
여름이면 매미처럼 가지에 매달려 노래를 부르고
가을이면 장대로 은행알을 털어 구워 먹던
내 또래들이 우정을 다지고 열아름드리 꿈을 키웠다.

그 은행나무는
그 꼬마들이 자라
하나둘 마을을 떠날 때마다
새 가지를 하나씩 뻗어 배웅했다.
꼬마들은 떠나간 길로 돌아오리라 믿기에
떠난 방향을 기억한다며
뻗은 가지를 거두지 않았다.

아무리 기다려도 그들이 돌아오지 않자
너무 보고 싶어 그들이 산다는
앞산 너머 저 먼 도시라도 볼 수 있을까 싶어
고개를 뻗고 또 뻗었지만,

그 도시들은 보이지 않았다.
태풍에 좋지 못한 풍문이라도 실려 오면
하늘 높이 웃자란 목을 흔들며
온몸을 흔들며 엉엉 울었다.

마지막 꼬마가 떠나간 날
새 가지를 뻗고 다시는 뻗지 않았다.
꼬마들에 대한 기억이 점점 희미해지면서
뻗었던 가지들이 하나둘 말라 갔다.
지금은 봄이 와도 노인 수만큼의 가지에만
띄엄띄엄 잎을 피운다.
바람 세찬 겨울밤이면
자식들이 그리운 노인들이
깡마른 손발을 떨며 앓고
꼬마들이 몹시 그리운 은행나무는
말라버린 가지를 흔들며
밤새도록 그 노인들과 함께
중풍에 끙끙거리며
긴 밤을 지샌다.

겨울나무 2

가난해야 살아남는 계절
뼈만 남기고
모든 걸 버려야 한다.
품 안에 고이 키운 새들도
떠나보낸 지 오래다.
그 애들이 저기로 날아갔으니
저기로 다시 돌아올 거야.
그런 바람만은 버리지 않으련다.

흑백만이 허용되어
기억마저 빛바래기 쉬운 들판에서
그 애들이 날아간 방향을 기억하려고
얼어붙은 손가락으로 남쪽을 가리키면서
그림자가 되어 죽은 듯 서서
그 애들을 기다려야지.
세찬 바람이 불면
앙상한 팔 사이로 흘려보내며
그 애들이 돌아올 바람을
신음처럼 되새김하자.

>

겨울은 점점 더 깊어가고
업보처럼 내리는 눈의 무게와
갑질하는 바람에 흔들리는 의지로
비굴하기 쉬운 계절
그럴수록 겨울 들판의 표상으로서
깡마른 등을 곧추세우고
아픈 팔다리의 관절 마디마디에
연초록 잎눈을 키우고
언 손가락 끝마다
연분홍 꽃눈을 키워가야지.
희미한 기억처럼 새들이 날아올 때
얘들아, 어서 이리 온! 하고
말없이 소리 지르며
천 개 만 개의 꽃다발을 흔들어야지.
겨우내 그리워도 참았던 눈물은
봄비에 흘려보내야지.

강설降雪[*]

— 시조 1

천상天上의
허虛에서

무無들은
오래
오래

순결의
무게로

육모로
꽃발 빚어

빛바랜
인간사人間事마다

소록
소록
목화
밭

* 작시 후기 : 박정희 시대 연좌제로 법 공부를 포기하고 평범하게 살리라고 마음먹던 날
  이다. 그날 대학 도서관에서 눈이 펑펑 쏟아지는 창밖을 바라보면서 울지 않으려 머릿
  속으로 이 시조를 지었는데 다 짓고 하염없이 눈물을 흘렸다. 그때가 나도 모르게 생각
  나는 날이면 여름이라도 내 맘엔 눈이 내리고 그 도서관에서의 아픔이 도진다.

풍경 1

늦가을 오후
텅 빈 공원의 긴 의자
지금은 떠난 그녀가
그의 곁에 늘 앉던 자리에
낙엽 하나가 날아와
살짝 내려앉는다.
낙엽이 그를 올려다보고
그가 낙엽을 내려다본다.
마주 보고 사그락거리다가
함께 고개를 끄덕인다.

낙엽이 훌쩍 날아간다.
그를 빠져나온 영혼이
낙엽을 따라 날아간다.
낙엽이 떠난 자리엔
바람이 맴돌고
껍데기만 남은 그의 몸속에는
낙조가 차오르고
낙엽이 날아간 남쪽으로
고개를 돌린 채 그는
서서히 석고상으로 굳어 간다.

꿈속에서 살고 싶다.

고향 땅 잔디밭에서
어린 시절 그랬듯 물구나무를 선다.
시원한 푸른 하늘에 발을 담그고
나를 떠받들어오던 지구를
두 손으로 번쩍 들어올린다.
이웃에게 갑질하던 인간들이
박쥐처럼 거꾸로 매달린 채
내 가랑이 사이에서 꿈틀거린다.
두 팔로 이 지구를 들고
별이 민들레꽃으로 총총히 핀 은하수를 따라
우주 바깥 쓰레기장으로 저벅저벅 걸어가
늘 싸움질만 하는 인간들이랑
그들이 벌집처럼 지은 아파트랑
툭툭 털어 버리고 싶다.
버린 후 울퉁불퉁해진 곳을 잘 고르고 나서
꿈 한 톨을 정성스레 심고 싶다.
밤마다 맑디맑은 은하수를 길러다 듬뿍 뿌려주면
뿌리가 내리고 가지가 쭉쭉 뻗고 잎사귀가 무성해질 것이다.
꿈의 잎사귀만 먹고사는 노루 한 마리를 풀어놓고
그 노루와 함께 뛰놀고 싶다.

가지 마디마디에 아름다운 꽃을 피워
그 꿀만 빨고 사는 벌과 나비를 불러와
나도 함께 나풀나풀 춤추고 싶다
그 꽃에 맺히는 열매만 먹고 사는
새 한 마리를 풀어놓아
그 열매를 나눠 먹으며.
아름다운 노래를 합창하고 싶다.
열매 속의 씨를 먹은 새들이
여기저기 똥을 싸
온 지구가 꿈나무로 뒤덮게 하여
꿈의 땅으로 만들어
꿈속에서 살고 싶다.

5부

인연
— 어머님의 병상에서

2003년 2월 9일(음력 1월 9일)에 돌아가신 어머님이여,
보고 싶습니다. 생전의 불효자식을 용서하십시오.

인연
— 어머님 병상에서

어머니는
당신의 양말에 구멍이 나면
얼핏 보아도 좀체 어울리지 않는 색깔인데도
기워놓고 보면 멋져 보일 것이라며
진작 버렸어야 했을 치마에서
조그만 조각 하나를 잘라내 기우셨다.
그러시면서 늘 웃으시었다.

어머니는
남편과의 인연이 구멍이 날 때마다
양말을 버리지 못하던 그 까닭으로
진작 버렸어야 했을 운명 한 조각을 도려내
모자이크처럼 멋지게 기우셨다.
그러시면서 늘 행복하셨다.

들국화

오늘 고향 뒷산을 올라봅니다.
어머니가 산나물 캐시던 산비탈에
들국화 한 송이가 어머니처럼
얼굴보다 크게 웃고 있습니다.

어디에선가
향긋한 어머니 말씀이 들립니다.
"애야, 힘들지?"
"네 어머니, 땀도 나고, 숨도 차고, 다리가 너무 아파요."
"애야, 나처럼 환하게 웃어보렴
산비탈을 오를 땐 그래야 쉽단다."
"네, 어머니."
나는 환하게 웃습니다.
날듯이 산비탈을 오를 수 있습니다.

그 들국화가 피어있던 곳에 다다릅니다.
그런데, 들국화가 온데간데없습니다.
여기저기 둘러봅니다.
저 먼 바위틈에 한 송이 피어있습니다.
저 가파른 벼랑에도 한 송이 피어있습니다.

>

갑자기 눈이 가려워 눈을 비빕니다.
그리고 얼굴보다 크게 눈을 떠봅니다.
내 발아래에도 한 송이
잡초 사이사이에 송이송이
산비탈은 온통 들국화밭이고
훈훈한 향으로 그윽합니다.

그 후 세상 산비탈을 오를 때
너무나 힘이 들어
어머님이 가르치신 대로 나는 늘
얼굴보다 크게 입을 벌리고
얼굴보다 크게 눈을 뜨고
한 송이 들국화로 웃습니다.
그러자 때마침 부는 미풍을 타고
날 듯 오르며
능선 따라 골짝 따라
웃음 향기를 풍깁니다.

사진을 찍으며 1

마침내 조그마한 빈들과 일주일이 내게 주어졌다.
드러난 것보다 숨은 것이 더 많다.
나는 들리지 않는 밀레의 만종 소리를 은은히 울리리라.

그 고갯길
— 어머님의 영전에 1

남편에 소박맞고
삼십 리 길 친정으로 가시던 길 중간쯤
고목 느티나무 고갯길 돌무지에
여섯살박이 큰아들에게 돌 하나 집어주어 얹게 하시고
당신께서도 하나 집어 그 위에 얹으셨다.
때마침 분 미풍 탓인가?
합장하신 어머님의 두 손은 떨리었다.
그때 등에 업힌 작은아들이 칭얼거리기 시작하자
길섶에 앉아 젖을 물리셨다.
큰아들이 다리가 아프다며 업어 달라고 조르자
송편 하나 꺼내 물리곤
"참, 착하지" 하시며 다리를 주물러 주셨다.
30살도 안 된 어머니께서는
어린 아들 하나는 업고 하나는 걸리며
살아가야 할 인생만큼이나 꼬불꼬불한
친정살이 길을 그렇게 오르셨다.

큰아들이 군에 입대하던 길
송편을 싸서 머리에 이고 따라오셔서
아들과 함께 돌 하나씩을

그 돌무지 얹어놓은 후 합장하였지
미풍조차도 없는데 큰아들의 손은 떨리었고
어머니의 눈엔 하얀 이슬방울이 맺히는 것을
큰아들은 처음 보았다.

그후
이 고개를 넘을 때마다 큰아들은
그 돌무지에 돌을 얹는 건
모두 미신이라고 했지만
거길 지날 때면
어머니가 하시던 대로 돌을 얹곤 했다.
언제쯤인가 고목 느티나무는 불타버리었고
도로가 생겨 돌무지가 없어졌다.

두 아들을 내려놓으면 가벼이
세상으로 환히 트여있는 이 고갯길을
훨훨 넘어 어디론가 가셨을 수 있으련만
두 아들의 무게 땜에 가시지 않고
30대, 40대, 50대, 60대라는 큰 고개들과
그 사이사이 그 많은 작은 고개와

극히 가파르던 보릿고개마저
구부러진 등에 두 아들을 업고서도
거뜬히 넘으셨던 어머님.
70 고개가 너무 가파르다며 겨우 넘으시더니
두 아들이 너무 무거워서인가?
아니면 돌무지가 없어져서인가?
80 고개는 끝내 넘지 못하고 주저앉으셨다.

어머니
80 고개는 저 극락으로 가는 길에도 있다 합니다.
그 고개엔 합장하실 돌무지도 있다지요.
부디 두 아들을 내려놓으시고
그 돌무지에 합장하신 후
훨훨 날듯이 넘으시옵소서.

유산流産

　— 첫 아이를 유산하던 날

어머님이 나를 꿈으로 잉태하여
자궁 속에서 핏덩이로 자랍니다.
내 가청주파수보다 한 옥타브 높은
바깥세상 소리에 귀를 기울입니다.
어머님이 밤마다 왕자 꿈을 꾸시고
나는 왕자로 자라가고 있습니다.

어머님이 자주 호호 웃으십니다.
"어머님, 무슨 좋은 일 있으세요?"
"응, 바깥세상엔 항상 보고 웃을
색깔 곱고 향기로운 꽃이란 게 많단다."
나도 따라 호호 웃으니
자궁 안이 고운 색깔과 향기로 차오릅니다.
어머님이 노래를 부르시며 춤을 추시며 일러주십니다.
"바깥세상에는 이렇게 항상 따라 부를
신나는 노래만 하는 새도 많단다.
따라 출 춤만 추며 살아가는 나비란 것도 많단다."
나도 어머님의 노래를 옹알이로 따라 부르면서
자궁 안을 춤추며 유영합니다.
어머님이 내게 젖꼭지를 물리시는 단꿈을 꾸십니다.

나는 자궁벽을 발로 차서 깨웁니다.
"우리 장난꾸러기 왕자님 참 씩씩하기도 해라."
"어머님, 바깥세상을 빨리 구경하고 싶어요."
"나도 어서 너의 손을 잡고
꽃밭에서 춤추는 나비가 되고 싶다.
너와 함께 노래하는 새도 되고
너와 마주 보며 웃는 꽃이 되고 싶단다."
그리곤 어머님은 태교음악을 불러주십니다.
나는 바깥세상을 꿈꾸며 잠듭니다.

어느 날부터인가 바깥세상을 감지할 수가 없습니다.
가청주파수를 넓히고 자궁벽을 차며 어머니를 불러봅니다.
이따금 자궁 안이 경련하듯 흔들립니다.
그동안 들어보지 못한 소리만 감지될 뿐입니다.
그 흔들림과 소리를 따라 해봅니다.
며칠을 따라 하니 나도 모르게 내 몸이 흔들립니다.
가슴이 미어지며 입에서는 울음소리가 나오더니.
눈에서 눈물이 나오기 시작합니다.
아아, 어머님은 그 어느 날부터 울고 지냈던 것입니다.

>

어머님을 따라 그렇게 며칠째 웁니다.

바깥세상이란 색깔 고운 향기로운 꽃이 피고

나비가 춤추고 새가 노래하는 곳만은 아닌 것 같습니다.

어서 나가 내가 춤을 추고 노래를 하며

어머님을 전처럼 웃게 해드리고 싶습니다.

울어 밤샌 오늘 새벽 그런 다짐을 하곤 잠이 듭니다.

꽃보다 더 고운 옷을 입고 꽃밭을 거닐던 어머님이었는데,

오늘따라 하얀 옷을 입고 내 꿈속에 나타나십니다.

늘 함께 거니시던 한 남자가 꽃이 핀 상자 속에 누워있고

여럿이 그걸 메고 집을 나섭니다.

자궁이 심하게 흔들려 잠이 깹니다.

바깥세상에선 모든 사람이 늘 울고 사는 듯합니다.

더는 바깥세상에 나가고 싶지 않습니다.

"어머님, 바깥세상에 대한 좋은 상상을 간직하겠습니다.

어머님의 자궁 안에서 잠시 꿈으로 머물다 가는

이 불효자를 용서해주십시오."

파종기에

봄비가 온다.
깡마른 바람으로 헛배를 불리던 겨우살이
해빙이 되면 삭신이 쑤시고
헛기침할 때마다 옆구리가 결리어
헛배를 움켜쥐던 균열된 삶의 모서리에
상쾌한 봄바람이 불기 시작하고 물기도 스며들어
쑥이랑 강아지풀이 자라기 시작한다.

빗방울 한 움큼 떠 손바닥에 담아
지난날의 서럽던 일로 짭짤해진 눈물을
두어 방울 짜내어 그 위에 떨군 후
약지로 몇 번 휘휘 저은 후
땀이 짭짤하게 밴 삼베 소맷자락으로 조금씩 찍어
실컷 운 후의 후련한 기분이 들 때까지
눈이랑 귀를 문지른다. 그러다 보면
걷기에도 수시로 농무濃霧가 끼던 시야가
밤에 꿈을 꿀 만큼은 트일 것이고
가늘게 먹은 귀로서도 경구 한 구절쯤은
귀동냥할 수 있을 거야

개일 즈음

속옷마저 홀랑 벗어야지

치부마저 드러나면 오히려 당당한 알몸둥이

괜스레 늘 농무 속에 감추다 보니

통풍이 안 돼 가슴팍엔 한만 끼었고

그걸 삭이느라 속쓰림에 소가지가 비틀렸지.

이제 그 비틀린 결 따라

하나, 둘, 셋…. 일곱 구덩이를 파

속 썩여 만든 두엄을 채우고

야무진 사랑을 한 구덩이에 한 톨씩 심어야지

어릴 적 어머님이 남기신 약손의 온기로

가슴을 문질러 따뜻해진 체온으로 도톰히 덮고서

별빛 타고 흘러내리는 정갈한 은하를 받아

밤마다 한 국자씩 듬뿍 뿌려주고

아침마다 한 구덩이에 한 빛깔씩

일곱 빛깔로 무지개 받침대를 세워줘야지

사랑은 덩굴손을 뻗으며

깡마른 등줄기를 따라

시린 계절 마디마디를 감싸 오르며

무지개 받침대가 끝나는 높이에서
깨어 있는 눈빛마다 하나, 둘, 셋….
북두칠성으로 떠오르겠지

홍대 근처

홍대 근처엔 늘 물살이 거세다.
어쩌다가 발을 헛디디면
목까지 잠기는 쌀쌀한 냉기가 싹둑
팔다리를 잘라간다. 아린 상처에 새로이
지느러미가 돋아나는 간지러움
늦봄 한나절의 나른한 홍대근처에선
발을 헛디디면 늘 그렇게
싱싱한 인어로 부활한다.

아무거나 퍼먹은 식욕 탓에
누렇게 뱃살이 끼면
가벼이 날리는 풍문 위로 떠 오르기 위해
오장육부를 토해내 그 틈새에 끼인 일상들을
혼탁한 햇살에 요란스레 헹구느라고
저렇게 뭐든 떠들어댄다.

다 토해내고 헹구어낸 후
참으로 오랜만에 느끼는 공복감
짭짤한 경구經句로 배를 채우고 나면
갈증으로 타오르는 목구멍

이리저리 목을 비틀면서 아직은
지느러미가 다 자리지 않은 몸통들만이
제자리에서 자맥질하며
떠밀린 만큼만 떠밀면서
흰 거품을 가득 아가미에 물고
투명한 백일몽 속으로
춤추듯 꿈꾸듯
익사해 간다.

사진을 찍으며 2
─ 부부싸움을 하던 날

그녀가 빈들에 서면 나는 그녀의 눈에 한낱 티. 그녀의 수정체를 통해 내가 본 나는 단지 솜사탕처럼 부풀어 있는 허상. 그녀는 그것을 부지런히 촬영하려 했지만, 눈에 든 가시가 시야를 가린다며 아스피린 두어 알로 서둘러 그녀는 초저녁잠을 청하였다. 수정체를 열어 놓은 채

이튿날 이른 새벽, 허상을 현상하려 잡념을 차단한 그녀의 마음에 그 허상인 녀석이 불쑥 나타나 수작을 부린 거야. 그녀의 비명에 나는 황급히 망치랑 몽둥이랑 닥치는 대로 집어 들고 그녀의 마음으로 뛰어들었지. 아 이럴 수가, 그녀가 촬영한 녀석은 내 눈에도 나의 진품이 분명하다. 그렇다면 나는 이를테면 등에 1.5볼트 건전지 두 개를 끼운 모조품? 몇 번 나와 그를 번갈아 보고는 진위 식별력이 남달리 예리한 그녀가 그에게 매달려 키스한다. 여보, 여보…. 승리에 찬 그가 회심에 찬 눈빛을 그녀의 눈에 쑤셔 넣는다. 나는 일찍이 그녀가 그렇게 눈을 크게 뜨는 것을 본 적이 없다.

그날 밤 모처럼 눈이 시원해진 아내는 그와 뜨겁게 뒹굴면서 나와 미친 듯 외도를 했다.

6부

뉴턴 이후
— Big Apple 뉴욕에서

뉴욕은 내가 교수로 연구하며 가르치며 한창 때prime time를 보낸 도시다. 나를 좋아하던 인도 여학생, 나를 존경하던 아프리카계 미국인들에 대한 달콤한 추억에 젖어본다. 특히 나에게 사랑을 고백하였지만 내가 받아주지 못했던 온두라스계 백인 여학생 Anida Sandoval! 그녀에 대한 추억이 가슴을 저민다.

망향望鄉

어려서 나는
어느 구석에나
얼굴만 처박고 있으면
숨은 것으로 생각하고
숨바꼭질했다.

커서도
얼굴만 비 안 맞으면
비 안 맞는 줄 알고
망가진 비닐우산을 쓰고
비바람을 피해왔다.

지금은
몸만 떠나 있으면
고국을 잊겠노라고
마음은 미처 챙기지 못하고
타국 땅에 와 있다.

수화sign language
— 모국어여!

벼르고
망설이다가
바람결에
속삭여 본
나의 노랑 음절들은

흰둥귀와
검둥귀를
아득한 메아리로
맴돌기만 하다가

내 심장으로 돌아와
어금니를 깨무는
아픈 신음으로
밤새 뜨겁게 뜨겁게
오열하고는

마침내 빈 하늘을 향하여
휘젓고 휘젓는
바람개비 같은

저 손가락 끝에서

서럽게 서럽게

몸부림친다.

* 작시 후기 : 내가 미국 유학 중 MBA(경영학 석사) 과정의 첫 학기에 알아듣지 못하는
 영어 때문에 손짓과 발짓을 하던 것을 노래한 시다.

나이아가라 폭포

세상만사 서러울 때
여기 와 목놓아 보라

그대, 긴긴 세월
안으로 안으로만 맴돌던
삶의 굽이굽이 맺힌 시퍼런 멍울을
침묵으로 굳어진 입술로
경련 일으키며 토해내느라
흰 치마 뒤집어쓰고
절망의 단애를 뛰어내리며
오직 한 마디의 첩어疊語로
쾅쾅
하얀 안개로 제 몸을
산산이 부수는 소리
단말마의 흰 파편일 뿐

아픔은
흩어진 살집 조각 조각을 부추겨
거품 짚고 일어나
의식의 끝까지 몸부림친다.

한 치의 높이로 겨우 일어섰다가
이내 거품 되어 스스로 자지러지는
허망한 한숨이지

한숨의 깊이만큼 골패인
흘러온 세월보다 더 아득히
배를 깔고 누운 세월
그 세월을 흘러가야 할 생각에
더욱 목메는 그대여
저기, 저기를 보게
울어 더욱 맑아진 그대의 눈에
방울방울 맺힌 눈물마다
7색 영롱한 물보라 타고
그대 영혼의 파편들이
높이
높이
피어오르는
무지개
무지개를.

* 작시 후기 : 이 시를 짓고자 또 다른 일로 합해 10번 정도 갔던 역동적인 장관의 나이아
  가라 폭포. 다시 갈 수 있을까?

풍선을 띄우며
— 뉴욕의 플러싱 메도우 파크에서*

보랏빛
눈을 뜨고
목을 길게 뽑아
늘
천상을 향하여
설레어 왔다.

지고 갈 업보의 무게와
초라한 한 사내에 대한
끈끈한 연민 때문에
차마 훌훌 떨쳐 버리고
떠나지 못하다가

하늘이 유난히 파랗던 날
바람결에 파리한 두 손 모은
그 사내의 염원이 되어
저 높은
천상을 향하여 두둥실
알몸으로 비상한다.

* 작시 후기 : 뉴욕시에는 한인을 비롯해 동양인이 많이 사는 퀸즈구Queens Borough의 일
부인 플러싱Flushing 지역에 메도우파크Meadow Park라는 공원이 있다. 식물원도 있고 해
마다 한 번씩 소수민족들이 전통적인 의상, 음식, 놀이의 행사를 개최한다. 방문자는
각 민족의 pavilion(대형천막)에서 그들 특유의 음식을 사 먹을 수 있다.

수평선
— 천지인天地人이 조화된 마이애미여!

1

하늘과

바다가

벌거벗은 하복부를

맞대고 출렁이는

교태, 교성

(뭐 구름으로 가릴 것까지 있소?)

하여

하늘의 정액 같은

부연 모래사장에선

선남선녀가 떠들며

서슴없이 발가벗는다.

2

맑은 날이면

하늘과 바다는 가끔 체위를 바꾼다.

하늘이 바닷속으로 들어가

하복부를 출렁인다.

바다에는 욕정 같은 풍랑이 일고

모래사장에선

선남남녀가 끌어안고

뒹굴며 킬킬거린다.

* 작시 후기 : 마이애미 비치에는 겨울에도 종종 Topless(브래지어를 하지 않은 여자. 주로 영국 프
랑스등 유럽 여자들)들이 온다고 한다. 어떤 기자출신 지인이 이 시를 보고 천지인天地人이 조
화된 시라 한 적이 있다. 좀 야해서 표현을 바꿀까 하다가 그냥 둔다.

깃발

— 뉴욕 한국 영사관에서

하늘과
땅의 중간쯤
긴 장대 끝에
흰천 한 조각 내어 걸고
쉿
쉿
숨죽여 보라

파다닥 파다닥
파열음을 내는 상징 또 상징이
은빛 날개를 펴자
콧대 높은 하늘이 상냥하게 내려오고
축 꺼진 땅이 활달하게 올라온다.

한 번도 어울린 적이 없던
하늘과 땅이 함께
흰천 끝자락을 맞잡고
너풀너풀 춤을 춘다.

노숙자 The Homeless
— 뉴욕의 한 한국인 걸인에게 2불을 주며

바람의 낌새를 맡고
모두 쉬쉬하고 떠나버린 길목에서
나는 웅크리고 앉아
반가이 바람을 맞는다.

그러나 바람은 예의 그 독설로
내 의식을 무수히 난자하고
내 육신은 바람의 일부가 되어
펄럭거린다.

그럴수록
두고 온 산하와
나를 포기한 사람들에 대한
미지근한 체온이 겨우 지켜온
끈끈한 애정 때문에
바람의 이빨을 부싯돌로 삼아
불씨를 일구고
마른 나무 등걸이 되어
바람 앞에 드러누워서
활활

열병을 앓는다.

* 작시 후기: 뉴욕에는 미국인(특히 미군)과 결혼했다가 버림받은 후 자식을 만나지 못
하는 여자가 꽤 있다. 그들 중 정신이상이 생기기도 한다. 뉴욕에는 한국 남자 노숙자
도 더러 있는데 노숙생활엔 겨울에도 춥지 않은 캘리포니아로 가보라고 일러주며 $10
를 몇 번 준 한국 남자 노숙자. 그는 지금 어찌 되었을까?

샤워를 하며

— New York Queens에 집을 사던 날

때를 씻는다.
아침저녁으로 씻고
또 씻는다.

머리를 짓누르는 골칫거리는
신경질에 날카롭게 날을 세워
열 손톱으로 박박 긁어 파내고

조그만 가슴을 답답하게 조이는 울화는
심술을 엮어 짠 울퉁불퉁한 타월로
피가 나도록 문질러 껍질을 벗긴다.

등에 누군가가 뱉은 비웃음은
어림짐작으로 대충대충 씻어내고

사타구니에 몰래 숨어든 수치는
남의 것이라고 변명하며
눈감은 채 훔쳐낸다.

한참 씻다가 우연히 내려다보면

아직도 씻을 때가 많은데,
시꺼먼 땟물이 벌써
목욕통에 흥건하다.

내가 왜 이리 때가 많은지 모른다.
더럽다 더럽다 해온 세상이
정말로 더러워서인지
깨끗하다 깨끗하다 해온 나 자신이
본래 때가 많은 탓인지.

뉴턴 이후
― Big Apple 뉴욕에서

1
뉴턴 이전
무르익은 사과들은
향기로운 풍선이 되어
두둥실 하늘로 날아올랐다.
사과를 잡으려고 발가벗은 아이들도
은빛 날개를 파닥이며 하늘로 누비었다.
파란 하늘에는 사과 향 배어
포동포동 살찐 맨살 엉덩이들이
빨갛고 노란 사과와 부딪치며 내는
딩동댕 소리로 가득 찼다.

2
뉴턴 이후
알찬 사과일수록 "탁, 탁, 탁"
더욱 둔탁한 소리를 내며 땅으로 떨어졌다.
사과가 없어지자 날개가 퇴화하여
더는 하늘을 날 수 없게 된 아이들은
사과를 주우려 땅으로 내려왔다.
땅 위에서는 향기로울수록

더욱 악취를 내는 사과가
여기저기 썩어갔다.
그 악취를 참을 수 없는 아이들은
손으로 코를 틀어막고 흙을 발로 걷어차
썩은 사과를 덮어버렸다.
그리곤 사방으로 뿔뿔이 흩어졌다.

3
오랜 후, 아주 오랜 후
이슬비가 촉촉이 내린 어느 따뜻한 봄날
뿔뿔이 흩어졌던 아이 중 하나가 우연히
그곳을 지나치다가 소리쳤다.
"저것 봐, 사과 싹 좀 봐!"
나머지 아이들도 모두 모여들어
그 아이가 가리키는 곳을 바라보았다.
그 아이가 발로 흙을 걷어차서
썩은 사과를 덮었던 그 자리에
연초록 새싹이 돋아나고 있었다.
그걸 본 나머지 아이들은 두리번거리며
그 옛날 자기들이 얼굴을 찡그리며

발로 흙을 걷어차던 곳으로 달려가

저마다 소리 질렀다.

"여기에도!"

"여기에도!"

그때부터 땅 위 곳곳에는

연초록 사과 싹과

가벼이 부딪는 물동이 소리와

흥얼거리는 콧노래와

깔깔거리는 웃음으로

가득 찼다.

* 작시 후기 : 나의 대표시를 딱 하나만 꼽으라면 이 '뉴턴 이후'이다. 이 시는 동시 같으면서도 무엇을 노래하는지를 알기 어렵다고들 한다.
　다음과 같이 여러 가지 해석이 가능하다.
1) 사조思潮적 : 1연은 낭만시대, 2연은 실존시대, 3연은 미래시대(무슨 사조인지는 모르지만)
2) 불교적 : 1연은 전생, 2연은 현생, 3연은 내생
3) 인생적 : 1연은 천진난만하거나 꿈을 키우는 유년/소년기, 2연은 치열하게 살아야 하는 힘든 청년/장년기, 3연은 자라나는 손주에게서 희망을 보는 노년기

영 zero

— 유학하고 교수를 한 오랜 미국 생활을 접고 귀국
길에 오르며

가던 길이 다시 모가 나
낙후한 10진법으로는 이제
그 끝 가는 곳을 감지할 수 없다.
그동안 애써 모아온 2에서 9까지
여덟 숫자를 헐값에 처분해
컴퍼스 하나와 연필 한 자루
그리고 백지 한 장을
앞집 구멍가게에서 샀다.

아라비아인들이 10진법을 완성할
영 하나를 구상하기 위하여
허허로운 사막 모래바람 속을
수수세대 부르튼 발을 끌며 돌고 돌았듯
애초부터 그만한 인고는 각오했지만, 막상
떠남에 두려워 떨리는 아내의 손을 꼭 잡으며
가벼운 나들이일 뿐이라고 달래며
애써 태연해하며 뜬눈으로 지새운 날 이른 새벽
이웃과 변변한 인사조차 못하고
종종걸음으로 한쪽 끝을 재촉해 떠나왔지.
어서 가 영을 그려야지.

남겨둔 1과 함께
첨단의 2진법을 완성해야지

지극히 서투른 초등학생의 어림셈으로도
몽당연필과 헐렁한 컴퍼스
그리고 낙서투성이 백지 한 장이면 이맘쯤은
영을 완성했을 필요충분조건必要充分條件인데
영을 그리는 최단 거리는
게처럼 사행斜行하는 일직선이라는
처음부터 어긋난 모순율矛盾律의 가정 때문에
태평양의 이쪽 끝까지 이탈해 왔었지!

돌아가야지
나머지 반쪽을 마저 그려
무딘 내 동공에 잔상으로 남아 있을지도 모를
두고 온 다른 한 끝과 해후하는 날, 바로 그날 어쩌면
비뚠 영이나마 완성되겠지
설레어 떨리는 손은 오늘도 부지런히
반지름과 각도를 비뚤비뚤 잰다.

7부

100원짜리 행복: 세상은 재밌다!

세상은 100원으로
모든 사람을 행복하게 해줄 수 있는 재미있는 곳이다.

잔디밭에서
— 스티븐 호킹의 『위대한 설계Grand Design』를 읽고

오늘 친구와 등산을 하는 날
등산길 입구 잔디밭에 앉아 그를 기다린다.
내려다보니 개미 떼가 잔디 사이를 돌아다닌다.
장난기가 발동해 주먹으로 그들을 막아본다.
우왕좌왕하기만 하던 그들은
내가 주먹을 치우니까 기쁜 듯 춤춘다.

와, 재밌다! 또 해봐야지.
내 주먹보다 작은 돌을 그들 앞에 놓아본다.
개미들이 돌 위로 오르기 시작한다.
문득 우리가 오르기로 한 산을 바라본다.
어쩌면 저건 어마어마하게 큰 그 누군가가
자기 주먹보다 작은 돌을 장난삼아
내 앞에 갖다 놓은 건 아닐까?
그걸 우리가 오르려는 건 아닐까?

하늘을 올려다본다. 아무도 없다.
내가 너무 커 개미가 나를 못 보듯,
그가 너무 커 내가 그를 못 본 건 아닐까?
나를 보지 못하여 개미는 나를 신이라 생각하지 않을까?

우리는 보지 못한 그를 신이라 부르는 건 아닐까?

노아의 방주는 한 줌의 물로,

소돔과 고모라 사건은 한 줌의 소금으로,

자기들 앞을 가린 내 주먹을 보고 재앙이라 하다가

그걸 치우니 기적이 일어났다 했을 개미처럼

너무 커 우리가 못 본 그가 장난친 걸 보고

우리는 재앙이니 기적이니 하며 오두방정을 떤 건 아닐까?

그가 우리 앞에 나타나

"내가 그대들의 신이다."라고 선언해

우리의 궁금증을 왜 풀어주지 않을까?

내가 개미 앞에 나타나 그들의 신이라 선언했어도

나를 알아보지 못해 내가 신이니 아니니

갑론을박할 것처럼 그가 우리 앞에 나타나

자기가 우리의 신이라 이미 선언했지만

그를 알아보지 못해 아직도

우리는 신의 존재를 논쟁하는 건 아닐까?

단지 나를 못 알아본다는 이유로 개미들이

나를 경배하고 복 달라 기도하고 있을 듯,

우리도 그를 못 알아본다는 이유만으로

그를 경배하고 복 달라고 기도하는 건 아닐까?
그래서 나도 그도 복을 주지 못하는 건 아닐까?

언제 왔는지, 친구가
"인기척을 해도 내가 온 줄 모르네."라며
내 어깨를 툭 친다.
내가 깜짝 놀라, "왔구나, 친구야.
오늘 장난꾸러기 신이 갖다 놓은 작은 돌맹이를 올라보자.
그의 노리개가 되어보자."
내 말에 의아해하는 그를 보고
내가 피식 웃자
그도 나를 따라 피식 웃는다.

하느님의 유전자 조작
― 줄기세포 복제가 허위라는 보도를 접하고

어느 유전자 복제전문가, 소매치기,
그리고 바이러스 프로그래머가 동시에 죽은 후
하늘에 올라가 하느님 앞에 섰다.
하느님이 한눈을 판 사이
소매치기가 머리카락 하나를 슬쩍하고
복제전문가가 그걸로 하나님, 하눌님, 천주님, 옥황상제님, 부처님
그리고 산신령님 등 온갖 이름의 하느님을 복제했다.

컴퓨터 바이러스 전문가가 복제 하느님 모두에
수다 떠는 바이러스를 주입하였다.
그때부터 이 세상은 그런 바이러스에 감염된
하나님, 하눌님, 천주님, 옥황상제님, 산신령님, 부처님 등등
복제 하느님으로 시끄럽다.

100원짜리 행복: 세상은 매밌다
 ― 제1부의 "돈에 대한 소고"라는 시의 소제목 "100
  원의 팁"의 이미지 확장

택시요금과 10% 팁을 지급하고
100원짜리 주화를 하나 더 건넨다.
"이걸로 온종일 행복하세요."
그걸 받은 택시기사는 내가 본 것 중
이 세상에서 가장 행복한 웃음으로
손을 흔들며 차를 몰고 간다.

100원으로 저처럼 행복할 수 있다면
50억 원을 번 졸부가 맘만 먹으면
한국 인구 5,000만을 저처럼 행복하게 만들 수 있겠고
100만 원도 안 되는 게 전 재산이라는 아무개가
불법으로 가져 간 돈을 내놔라 해도 내놓지 않던
썩어 냄새 나는 6,000억원만 있으면 세계인구 60억을
저처럼 행복하게 만들 수 있겠구나
주고받는 돈은 100원처럼 작아야
주는 쪽과 받는 쪽이 다 같이 웃게 되어
그걸 본 세상 모두 행복할 것이다.
주는 쪽에게 50억원이나 6,000억원이면
받는 쪽은 100원이라 행복할 것 같지만
주는 그들은 얼굴을 찡그릴 것이고.

그런 얼굴을 본 받는 쪽도 찡그릴 것이다.

세계를 하루 동안 행복하게 만들기 위해서
1인당 100원이 들어 6,000억원이 아니라
모두 합해 마법의 금액 단돈 100원이면 충분할 것이다.
내 돈 100원을 받은 행복한 택시기사가
받을 때의 행복한 웃음을 승객에게 웃어주면
그 승객은 그의 친구에게 그의 친구는 이웃에게
그 택시기사의 웃음만큼 행복하게 웃어줄 것이고
너도 나도 웃으니 세상이 모두 행복할 것이다.
하루 100원이니 1년에 36,500원이 들고
내가 넉넉잡아 100년 더 살더라도
3,650,000원만 있으면 세상이 모두
남아 있는 내 평생 행복할 것이다.
그 돈을 공짜로 주기엔 아깝지만
그까짓 얼마 안 되는 돈이니
어서 벌어 쾌히 적선하여야겠다.

계산기를 다시 두드려보니
내 평생 세상을 영원히 기쁘게 하는데는

3,650,000원이 드는 게 아니라 마법의 100원
내가 택시기사에게 준 바로 그 100원이면 충분할 것이다.
그 기사로부터 시작해 승객과 친구를 거쳐
그 웃던 이웃이 밤이 되어 잠이 들더라도
지구가 둥글기에 웃다가 잠든 그의 웃음을 낮에 본
아직도 낮인 그 옆 집에서 웃을 것이고
그마저 잠들면 다시 그 옆 지역의 사람이 웃을 것이고
이렇게 택시기사의 웃음은 다음 날도 그 다음 날도
내 평생 둥근 지구를 빙글빙글 돌 것이다.
웃던 사람이 죽으면 그의 아들딸에게로 그리고
그 아들딸의 아들딸에게로 이어갈 것이다.
웃다 죽은 사람의 영정을 보고 조문객이 웃을 것이고
자꾸 웃다 보면 영혼까지 웃게 된다지 않는가!
천국이나 지옥에 가서도 영혼이 웃게 돼
그곳에 먼저 가 있던 영혼들이 그를 따라 웃을 것이고
사바세계 걱정에 늘 우울하시던 하느님도 웃는 영혼을 따라
영문은 모르면서도 환하게 웃을 것이다.

천국과 사바세계 모두 늘 웃게 하는
하느님조차도 해내지 못했던 일을
나의 단돈 100원 그 팁이 해낼 것이다.

대~한민국!*
― 2002 한일월드컵 축구경기를 보고

세계여, 들리는가,
수천만의 붉은 악마들이
한 덩어리가 되어
대~한민국!
엇박자로 지르는 저 함성을!

축복의 대~한민국에서는
공을 똑바로 차면
상대 골대 안으로 쉽게 굴러 들어가는
그까짓 쉬운 골이라면 무슨 재미가 있겠는가.
눈두덩에 피도 좀 흘리고
코뼈가 부러지기도 하고
발만 갖다 대면 골인될 공을
힘껏 뒤꿈치로 걷어차 하늘로 날려 보내
탄식을 자아내기도 하고
다 진 게임에 막판의 동점 골을 만들어
연장전에서 큰 헛발질로 골든골을 만들어야지.
조마조마한 승부차기도 해가며
반세기 동안 해보지 못한
늘 꿈꾸어왔던 첫 승을 위해 필요한 건

단 한 골!

숫! 골인!

와, 첫 승이다!

어라 또 숫! 골인! 숫! 골인! 숫! 골인! 숫! 골인! 숫! 골인!

와, 16강이다!

와, 8강이다!

와, 4강이다!

오, 필승 코리아!

대~한민국!

축구에서는 발로만 골을 넣는 게 아니듯이

눈물은 슬퍼서만 흘리는 게 아니지 않은가!

울 수 있는 모든 것들아, 목 놓아 울어라!

움직이는 건 두 손만이 아니지 않은가!

움직일 수 있는 모든 것들아,

엉덩이로도 덩실덩실 춤추어라!

소리 내는 건 입만이 아니라

손바닥으로 엇박자의 소리를 질러라.

짜자자자작.

오, 필승 코리아!

대~한민국!

히딩크여!
구세주 당신이 말씀하신 대로 지금
세계가 놀라 입을 다물지 못하고
우리 붉은 악마도 당신 앞에
엇박자로 하나가 되어 경배하니
우리의 꿈을 이루었나이다.

구세주와 붉은 악마조차도 손에 손을 잡고
엇박자로 손뼉치며 대~한민국을 떼창하는데
단지 인간일 뿐인 한반도인이 지금은
남과 북이 서로 주적이라 하지만
언젠가는 손에 손잡고 춤추며
"우리는 하나다"를 떼창하는
통일이란 꿈을 반드시 이루리라.

* 작시 후기: 이 시집의 편집 중일 때 작고한 2002 한일월드컵의 영웅 고 유상철 선수에
  게 이 시를 바칩니다. 유족에게 심심한 위로를 전합니다. 님이여, 그곳에서도 축구로
  모두를 즐겁게 하소서!!

나는 하늘에 사는 신선이니라 2
― 천상의 낚시

나는 하늘에 사는 신선이니라.
2001년 9월 11월 쾅 하는 굉음에
낮잠을 깨어 사바세계를 내려다보니
온통 우윳빛 투성인지라
보이는 것보다 보이지 않는 것이 더 많구나.
저곳에 숨어 있는 게 누구인고?
옳거니, 내가 흰쥐를 만들려다가
유전인자를 조금 잘못 배열하여
운이 좋게 태어난 아담의 후손들이구나!
덤으로 태어났으니 있는 듯 없는 듯 살라고
단단히 일렀거늘 내가 잠시 낮잠을 즐기는 사이에
오늘도 못된 짓을 저질렀나 보다.
천사들아,
저들의 죄 목록을 가져오너라.
그간의 죄를 오늘 심판하리라.
분류체계는 흰쥐과 아담종 죄장罪障이니라.

빨리도 가져왔구나.
어디 보자. 내 영광을 위하여 기르는
들짐승이랑 날짐승이랑 물짐승이랑 모두

독살시키고 총살하고 옭아 죽이고
머리통을 도끼로 쳐 죽여 매운탕으로 끓여
날마다 무병장수의 보신탕 잔치를 벌이었구나.
너희들을 살려두었다가는 내 영광의 땅에
살아 있는 것들이 모두 씨조차도 남지 않겠구나.
너희가 죽어 혼이 하늘에 오면
나까지도 잡아 보신탕 잔치를 벌이겠으니
오늘 너희들을 몽땅 잡아 매운 고추 많이 넣고
혼조차도 삶아진다는 매운탕을 끓여 먹으리라.

저 요물 같은 것들을 어떻게 잡는다?
옳거니, 돈을 미끼로 달아 낚시를 해야겠구나.
돈만 보면 사족을 못 쓰는 것들이라더구나.
역시로구나. 낚싯줄에 돈을 매달자마자
돈! 돈! 돈! 하며 우글거리는 정치꾼과 졸부들
예수니 석가니 삼신이니 하는
나의 다른 이름을 팔아 돈을 우려내는
목사와 중과 점쟁이들이
소문대로 많이도 우글거리는구나.
보신탕을 많이 먹은 탓인지

배가 불룩한 월척들이로구나.
낳을 때의 정이야 실수였지만
기른 정은 내 자유의지였던지라
그토록 정성스레 기른 너희들을 낚아
매운탕으로 끓여 먹어야 할 오늘에 이르렀구나.
돈을 많이 먹어서였든 살육을 많이 하여서였든
월척이 된 그 죄목에 따라서
맛과 향이 독특한 매운탕으로
오늘 저녁상이 진수성찬이겠구나.

어서 물어라.
하늘에는 입에 듬뿍 노자를 물고 가야 한다고
너희들 입으로 이르지 않았더냐?
이 낚시 돈을 무는 선착순에 따라
노자까지 버는 완전 공짜의 하늘나라 여행이니라
낚싯바늘에 혹시 코가 꿰이면
그동안 챙긴 돈의 양과 살육의 횟수에 따른
업보의 무게만큼 고통스럽기는 하겠지만
그 정도 고통이야 눈을 잠시 감았다 뜨면
금방 하늘에 올라오게 될 것이니라.

덤으로 태어난 너희에게 마지막으로
내가 베푸는 사랑이니 입질만 말고
어서 물어라.

아, 시장기가 드는구나!

압구정동 도읍한 인어황국 만세다*
— 오렌지족에 대하여

안방 화장대 위에 쪼그리고 앉아서
마님이 아침저녁으로 외출할 때마다 씽긋 웃는다.
그때마다 마님은 대견스러움에 머리를 쓰다듬으며

"미래의 내 노후보장용 복돼지 저금통."이라며
깨어진 두개골 사이로 동전을 떨어뜨린다.
초콜릿 과자 받아먹듯 그렇게 동전을 받아먹고 자란
우리 마님의 우량아.
구리중독의 말기 증세로 팔다리는 퇴화하고
그러잖아도 좁은 가슴이 아래로 처진다.
금빛 같기도 하고 오렌지 색깔 같기도 한
누렇게 부황든 아랫배가 오렌지처럼 탱탱 부어오른다.
마님은 거저

"내 복돼지 저금통."

라고 부르며 늘 흐뭇해한다.

오늘 아침엔 마님이 살 빼기 맨손체조를 한답시고
고무래 팔과 무다리를 흔들던 마님, 아차 그만

엉덩이를 하늘로 흔들다가 그만 뒤로 나뒹군다.
안간힘을 쓰며 일어나다가 아뿔사
화장대 위의 복돼지를 걷어찬다.
마님의 복돼지 저금통은 이때다 싶어
떼굴떼굴 굴러 마님의 품에 안겨

"엄마, 용돈 좀."
"그럼, 그럼, 내 노후보장용 저금통 내 복돼지."

속곳 주머니에서 동전을 한 움큼 듬뿍 집어
복돼지 저금통의 두개골로 넣어 떨구면
우리 마님의 복돼지는 불룩해진 아랫배를 문지르며
해질 때를 기다렸다가 돌팔이 지관地官이
돼지 왕기가 서린 명당이라 귀띔해준 땅
구리중독의 가나안 땅 압구정동으로 떼굴떼굴 뒹굴어간다.

돼지 왕기가 서린 땅은 돼지비계만큼이나 미끈거리지.
살금살금 둘러가다가 그만 엉덩방아를 찧고 말았지.
허공에 발버둥 치는 퇴화한 발목,
그것마저 쌀쌀한 냉기가 싹둑 잘라가 버린다.

아픔에 **빽빽** 소리를 지르다가 기절한 채 얼마를 지났을까?
짠 소금기가 스며들어 아린 부위에
창백한 꼬리지느러미가 돋아나는 간지러움
복돼지들이란 복돼지들이 모두 모인 압구정동에선
늘 그렇게 킬킬거리며 플라스틱 허물을 벗고
비늘 없는 인어태자와 인어공주로 변태한다.

벗어 놓은 허물이 해초로 룸살롱 전단처럼 나풀거린다.
그 허물로 뒤덮은 침몰한 해적선처럼 녹슨 건물에
땅굴이 뚫려 있고 그 입구에 하나, 둘, 셋,
홍등이 켜지면 나비 타이를 한 문지기가

"어서 옵쇼."

해초같이 연신 허리를 너풀거린다.
어디서 몰려왔는지 그 많은 인어태자와 인어공주들
아직도 덜 자란 꼬리지느러미를 자랑스레 흔들며
목덜미를 좌우로 비틀고는 땅굴 속으로 기어든다.
오늘따라 불룩한 배의 비곗살 탓인가 더 굼뜬
우리 마님의 복돼지마저 도착했으니 이제 다들 모였겠지

많고 많은 인어태자 중에서 인어 황태자의 책봉식과

많고 많은 인어공주 중에서 인어 황태자비의 간택식을 치를 때다.

책봉과 간택의 기준은 이들의 어미인 우리 안방마님들이

낮에 이들의 두개골 속으로 동전을 떨어뜨려 베푼 자비심의 양

그건 통상적으로 구리중독 증세로 나타나는 배의 붓기에 비례한다.

그렇지만 흔히 그렇듯 오늘도 이것이 엇비슷하니

배를 두드려 나는 동전 소리로 결정해야 하나 보다.

그것마저 같구나. 어쩐다?

궁여지책으로 토해서 동전을 세어보기로 합의했다

동전이 가득 찬 탓에 축 처진 가슴을 쥐어틀고

빽빽 악을 쓰며 뱉어내다 보니

구멍이란 구멍에서 똥 줄기처럼 누런 동전이 삐져나온다.

동전이란 본래 먹을 때나 토할 때나 구리게 마련이지!

동전인지 똥전인지, 반쯤 똥 되다 만 것은 왜 그리도 더 구린지.

동전 썩는 데는 늘 그렇듯

눈, 코, 얼굴과 이쁜이를 뜯어고친 온갖 잡어들이

들창코를 벌름거리며 모여드는구나.

그 잡어들의 가장 부드러운 속살에 군침을 삼키는

백상아리들도 또한 득실거리는구나.

다 토했으면 꺼져야 할 텅 빈 배, 오히려
주체치 못할 만큼 정욕이 차오르고
더욱 탱탱해진 밋밋한 뱃가죽 곳곳에 마침내
상어 이빨에도 견딜 만큼 단단한 금화 비늘이 돋아난다.
아직도 아린 발목에는 이미 꼬리지느러미가 다 자랐다.
짓뭉개어진 동전이라 도저히 셀 수가 없다. 어떡한다?

"구린내의 강도로 합시다!"

누군가의 기발한 제의에

"좋소."
"구린내의 강도를 어찌 측정합니까?"
"그건 주위를 맴돌며
코를 킁킁거리는 잡어雜魚 수로 잽시다."
"좋소."

이런저런 우여곡절 끝에

우리 마님의 복돼지 인어태자가 인어황태자로 책봉되고
떡두꺼비 같은 복돼지 새끼를 잘 낳을 것 같은
엉덩이가 유난히 큰 인어공주가 황태자비로 간택된다.
나머지들은 아랫배를 두드려 비계 소리인지 동전 소리인지를
내면서
등, 팔, 가슴에 울긋불긋 지느러미를 풍선처럼 부풀려 띄우고
쉰 휘파람을 불어대며 땅굴을 나선다.

인어 황태자 만세!
인어 황태자비 천세!
인어 황국 만만세!
칠흑 속에서도 저렇게나 눈부신
X세대의 천생배필 금보광생불金普光生佛이여!**
구린내가 뒤범벅된 이 사바세계로부터
불쌍한 우리 중생들을 구하소서!

사랑나라 불야성 북한강 변의 아방궁 러브호텔에
신방을 차리러 가는 거룩한 이 밤
양기가 가난하여 사타구니가 시린 사내들이여
저 금빛이 비치는 곳이면 어디서나 경배하라

그대들의 찌들인 성기에서 금빛 정액이 분출되나니
불임의 여자들이여, 그대의 정조를 아낌없이 공양하라
그대들의 자궁에 금 돼지저금통이 잉태될지니

이런 영험은 우리 인어 황태자 내외가
첫날밤 신방에서 운우의 정을 끝내고
언제 만난 듯 남남으로 헤어져
각자 안방마님의 화장대로 돌아가
얌전한 돼지저금통으로 환생하여 앉아있으면
새벽 단꿈 속 비몽사몽 간에 안방마님이
다시 속곳 주머니에서 한 움큼

"내 사랑 내 새끼 내 복돼지" 잠꼬대하면서

깨어진 두개골로 누런 동전 몇 닢을 떨어뜨리는 시간
바로 첫닭 울기 직전까지만 있나니!

* 작시 후기 : 1990년대 압구정동 중심으로 X세대 또는 오렌지족이라 불리는 부유한
  집 자제에 관한 시이다. 저자는 오랜지족이란 동전을 많이 먹어 구리중독 자로 본다.
** 금보광생불金普光生佛 : 보광불은 몸에 빛이 난다는 부처로서 선혜라는 선인이 아득한 후
   세에 석가모니로서 사바세계에 나타난다는 것을 예언한 부처이다. 저자가 보광불이
   란 말에 금金자와 생生자를 붙여 금으로 되어 살아 있는 보광불이라는 뜻으로 만들다.

어느 겨울밤에 있었던 일
― 신판 처용가

    마른번개가 두어 번 번쩍이니 마른천둥이 무지개 한 번 뜨지 않던 서라벌 밤하늘을 뒤흔들자 북두칠성이 우수수 별똥별로 떨어져 개꿈 꾸던 일곱 마리 똥개의 이마에 하나씩 박히더라 이 밤 웬 불꽃놀이인가 긴 겨울잠을 자던 떡두꺼비 세 마리가 엉금엉금 기어 나와 놀란 큰 눈만 껌벅이다가 뱀꿈을 용꿈으로 착각하여 승천하다 만 능구렁이에게 그만 목덜미가 잡히고 말았지 능구렁이는 다시 미친개들의 이빨에 썩은 새끼줄처럼 끊어지는 그야말로 그해 겨울 들판은 개들로 개판이 되고

    미친개를 달래는 데는 고깃덩어리가 그만인 줄 알지만 비쩍 마른 겨울 살림에 그런 것이 어디 있어 전전긍긍하는 딱한 처용들을 보다 못해 시집 안 간 처용의 처들이 서라벌 강남땅 밤하늘에 흩날리는 지폐로 은혜를 받으면 뜯긴 부위에 먹지 않아도 이내 살이 통통 찐다는 잔털 보송보송한 이팔청춘들은 가장 부드러운 속살을 통째로 고기로 내어놓고 말았지 요조숙녀일수록 속살에 못이 박히면 눈이 뒤집히나 봐 이게 웬 횡재인가 개 이마에 박힌 건 단지 금박을 입힌 똥별인데 "내 금목걸이 내 금가락지" 현란한 서라벌 밤에 미친개를 끌어안고 뒹구는구나

    두 다리는 내 것인데

두 다리는 뉘 것인가

구멍난 하늘에서는 축복처럼 진눈깨비는 펑펑 쏟아지는데…

봄비는 하늘에서 말씀으로 내리는 게 아니라 짓밟힌 땅에서만 샘물처럼 솟는 반항이지 날이 풀자 너도나도 몽둥이를 들고 벌판에 몰려나와 개몰이꾼이 되자 잠시 이빨을 드러내고 허세를 떨다가 이내 꼬리를 내리고 낑낑거리며 오금 싸는 똥개들을 잡아 뽕나무에 매달아 그을러 보신탕집에 끌고 가 목 따로 다리 따로 걸어놓고 이 살점 저 살점 졸깃한 살점을 찢어다가 상다리가 부러지도록 차려놓고 잔치를 벌인 거야 개고기 살점을 질겅질겅 씹으며 두꺼비를 입에 문 채 용이 되려다 그만 개 이빨에 동강난 능구렁이들을 주워서 담근 이미 십여년 묵은 섬사주蟾蛇酒를* 개 이마에 박힌 그 똥별을 뽑아 녹여 만든 술잔에 가득채워 건배! 하며 기울이며 육자배기 노랫가락이 흥겨운데… 이 일을 어찌할까 아직도 시집 안 간 처용의 처들이 개새끼를 유복자로 낳으니 아 불쌍타 우리 처용이여 늦자식에 기쁜 나머지 그대 아는지 모르는지 금기 줄에 은종이 금종이로 북두칠성을 만들어 고추와 고추 사이사이 숯과 숯 사이사이 솔가지와 솔가지 사이사이에 끼워놓고 "역신아 물러가라 역신아 물러가라" 덩실덩실 때 아닌 굿판이 벌어졌으니

>

　그때 떨어졌다던 북두칠성은 아직도 저렇게 서라벌 어둔 밤하
늘에 빛나고 있는데 처용은 요사이 북두칠성 일곱 모두를 자랑
스레 이마에 박고 마른하늘 거들먹거리며 노니는 이미 씨 마른
지 오래된 똥개꿈을 자주 꾸어 봄잠을 설친다

　1993.2.25(대통령 취임식)**

* 섬사주蟾蛇酒 : 두꺼비를 잡아 삼키고 있는 구렁이로 만든 술
** 작시 후기 : 김영삼의 대통령 취임식일에 쓴 시다. 박정희의 군사 독재를 승계한 신군
　　부가 망가뜨린 3김씨가 주역인 소위 서울의 봄, 민주화운동 및 김영삼 정권 탄생 전
　　분분했던 쿠데타설 우려 등을 노래한다.

월악산 등반
— 북악산이 개방된다는 날

내일부터 개방된다는 북악산을 오르려고
등산배낭을 꾸려 머리맡에 놓고 잤다.

북악산을 오른 후 추락사한 사내가
내 꿈에 나타나 내게 하는 말인 즉,
북악산이란 오르면 추락하기 마련이고
오르려 시도만 하더라도 추락사할 수 있단다.
나는 그 사내보다 목숨이 아까운 소인배인지라
단지 북악산에 오르는 기분만을 느끼려고
그에 비하면 야산 같은
충북의 월악산을 오르기로 했다.

낮은 산이지만 그 영봉에 걸터앉으니
내가 바로 천상천하 유아독존이로구나.
내노라 하는 등산 꾼이 자일이랑 암벽용 신발을 신고
그 밑바닥에 서서 바라보기만 해도 현기증을 느껴
구천으로 추락하고 만다는 북악산을
왜 사람들이 그토록 오르고 싶어 하고
오른 후 왜 그토록 오래 눌러앉으려는지를
어렴풋이 알 것도 같을 즈음

>
북악산보다 아주 낮은 월악산인데도
더 낮은 곳에 살던 습성 탓인지
민초들이 사는 곳을 향해
거드름을 떨거나 자비로운 듯 보이려고
손발을 흔들지 않고
단지 내가 앉은 곳이 얼마나 높은지를
확인하고자 아래를 내려다보았을 뿐인데도
고소공포증으로 현기증이 났다.
그때 한 사내가 나타나
나에게 졸장부가 감히 여기 올라오느냐며
나에게 총을 겨누었다.
뒷걸음질 치다가 추락하며
악! 하고 소리치다 꿈을 깼다.

식은땀이 온몸에 흥건한 나를 향해
머리맡에 놓인 배낭끈 하나가
겨누고 있었다.

그 산

─ 북악산이 개방되던 날 김대중과 김영삼을 생각하며

그 산에는 언제부터인가 춘삼월에도 진달래꽃이 피지 않습니
다. 그 밑바닥 입구에 '여기서부터 안개지역'의 팻말이 장승처럼
서 있습니다. 본래는 옥황상제가 사시는 선경을 알리는 팻말이
었다지만, 언제부터인가 그 상제 자리가 공석이라는 소문이 있
고부터는 한 수 한다는 온갖 강호인들이 몰려와 서로 삿대질과
핏대로 불상사가 멈춘 적이 없는 우범지역의 경고판이 되고 말
았습니다. 때로는 북두칠성의 영험을 받았다며 대머리에 금종
이 은종이로 만든 별을 잔뜩 붙인 동키호테도 있었고, 황사바람
을 타고 그 산을 축지법으로 오르겠다는 출중한 도사도 있었고,
빈 뱃속을 채운 과욕을 왈칵 토하면 풍선처럼 두둥실 떠오를 수
있다는 경신술을 뽐내던 입신의 고수도 있었습니다. 큰소리치
던 것들이 늘 그렇듯이, 그 밑바닥에서 꽤나 오래 머물던 자는
있었지만 진실로 정말 진실로 그 산에 올랐다는 자가 있었다는
말은 아직 들어보지를 못했습니다.

이런 난세에는 흔히 족집게 점쟁이들이 판치지요. 그들 사이
에도 그 산을 오른 자가 있다 없다에 대해 점괘가 엇갈립니다.
안개 때문에 보이지 않았을 뿐 누군가가 올랐다는 점괘가 있는
가 하면, 안개 속에 백여우 한 마리가 도사리고 있다가, 육질이
워낙 좋은 강호인들을 모두 잡아먹어서 아무도 그 산에 오르지

못했다는 점괘도 있습니다. 난세에는 겁을 내면서도 속인들이 란 신비를 좋아하게 마련이고 강호인들이란 객기를 좋아하게 마련이지요. 그래 다들 아무도 못 올랐다는 점괘에 더 복채를 겁니다. 이에 고무된 점쟁이들에 의하면 그 백여우는 울긋불긋한 색깔로 강호인의 육질을 판단한답니다. 아무리 강호인이라지만 목숨에 대한 애착은 강하여 모두 무명도포를 입고 안개처럼 변장합니다. 강호인들이란 본래 소림파니 무당파니 상무파니 하는 떼거리성이 강해서, 안개 속에서 대장을 놓치게 되면 즉시 다른 패거리로 가서 그 대장을 자기 대장으로 모시게 됩니다. 대장이란 권모술수와 칼자국이 많아야 합니다, 왜냐하면 대장이 지척을 볼 수 없는 안개 속에서도 자기 졸개들에게 쉽게 식별될 수 있는 유일한 표시로 권모술수와 칼자국을 귓밥이나 상투자락에 닭 볏같이 매달 수 있기 때문입니다. 그런데, 육질은 또한 권모술수와 칼자국에 비례하는지라, 이를 잘 아는 백여우가 손 안 대고 코 푸는 사냥을 하고자, 자신도 닭 볏 장식을 하고 있다는 소문을 한 강호인에게 귀띔해줍니다. 먹고 먹히는 그 산에는 귀 밝고 말 많은 산울림이 사는지라 이런 소문은 골과 골을 타고 이내 퍼집니다. 강호인들은 본시 저마다 백여우를 남보다 먼저 잡아서 태극무공훈장 하나쯤 타려는 영웅심리가 강한 소인배라 이 소문을 들은 후 너도나도 안개 속에서 울긋불긋한 볏을 단 것이면 아무거나 마구 찔러댑니다. 그래서 밤새 아우성이 시끄럽고 칼이 맞부딪치는 날 밤 백여우를 잡았다는 소문이 분분하다가 날이 새면 으레 대장 하나가 살코기는 모두 뜯긴 채 **뼈**와 가죽만이 남아 그 산 밑바닥에 너저분히 흩어져 있습니다. 이때쯤엔 그 대장을 따르던 졸개들이 이미 안개 속에서도 용케 새 대장을 모시고 있습니다.

안개가 왜 생기었느냐는 소문도 다양합니다. 백여우가 안개를 피운다든가, 안개가 백여우라든가, 심지어 그 산 자체가 본래 안개라든가 그런 것입니다. 그 산이 백여우라든가 배고픈 옥황상제가 진달래꽃을 따 먹다 보니 백여우가 된 후에도 울긋불긋한 색깔을 좋아한다는 소문도 있습니다. 이런 소문을 듣다 보니 듣는 자도 자신이 안개가 되지 않을까 혼동됩니다. 배짱이 두둑하다지만 간담이 서늘하기는 마찬가지인 강호인들, 비어 있는 옥황상제 자리에 대한 유혹, 의협심이라는 명분, 떼거리 근성의 응집력 그리고 한 수 할 수 있다는 객기가 함께 발동하여 그 산 밑바닥에 몰리게 마련이고 그래서 앞으로도 그 산 밑바닥은 그들로 북적거릴 것입니다. 춘삼월에도 진달래를 피지 못할 만큼 안개가 자욱하게 끼는 한 늘 그럴 겁니다.

8부

아, 2020년의 슬픈 뽕짝이여!

2020년은 뽕짝으로 신났지만,
코로나, 부동산 그리고 정치 때문에 민초들은 슬프다.

겨울나무 1
　　— 법정스님에게

가진 것 다 버리었다.
진정한 무소유가 되기 위해
세찬 바람에 뼈를 부러뜨리며
신음마저 버리고 있다.

그녀의 생일선물

가장 아름다운 영혼을 가진 남자가
가장 아름다운 얼굴을 가진 여자에게
가장 아름다운 사랑을 고백하고자
가장 아름다운 미소를
가장 아름다운 마음으로 포장하여
가장 아름다운 가슴에 안겨주고.
가장 아름다운 막춤을 추며
가장 아름다운 생일 축하 뽕짝을 부른다.

자연인
— MBN의 나는 자연인이다를 보고

그대여
여기에서는
들리는 건 노래요,
움직이는 건 춤이라네.
모두 제멋대로지만
한 폭의 멋진 그림이라네.

그대여
여기 와
멋대로 소리 지르고
멋대로 움직여 보게.
멋진 그림의
일부가 되어보게.

봄이 오르는 산길

지난가을이 서둘러 미끄러져 내려오던 산비탈 길을
봄이 조금씩 조금씩 거슬러 올라간다.
가파른 비탈길을 올라가다 숨이 차면
지난가을이 떨어뜨리고 간
울긋불긋한 가랑잎이 수북하게 쌓인
양지바른 길섶에 안개를 피우고 주저앉는다.
안개 속에서 봄은 그 가랑잎들을 주섬주섬 모아
산새를 접어 깡마른 꺽다리 나무 꼭대기마다 얹어놓고
진달래꽃을 접어 땅딸막한 나뭇가지마다 매단다.
바람이 살그머니 다가와 그 산새와 진달래꽃에
훈훈한 입김을 불어 넣자,
안개가 서서히 걷히면서
긴 겨울잠에서 갓 깨어난 산새들은
포롱포롱 안개를 따라 날아가고
진달래꽃들은 수줍은 듯 빨갛게 웃으면서
알콩달콩한 향기를 호호 바람결에 풀어놓는다.

잠시 후
진달래꽃 향기가 산 계곡에 그윽하면
미처 아무것으로도 접지 못하고 남겨둔 가랑잎 더미에 숨어

몰래 사랑을 나누다가 들킨 다람쥐 한 쌍이
홍당무가 되어 후다닥 산 위로 달아난다.
그들이 달아난 꼬불꼬불한 산비탈 길을 따라
봄이 예쁜 연초록 발자국을 남기며
산새가 부르는 뽕짝 리듬에 따라
아장아장 올라간다.

아, 2020년의 슬픈 뽕짝이여!

나 TV가 뽕짝거리니까
너 TV가 뽕짝거린다.

TV 발원의 흥데믹fundemic*에 흥분된
내노라 하는 뽕짝꾼들이
신나는 뽕짝경연을 벌인다.
남산팀의 뽕짝 신동인 빨간 단풍이
타고난 봉짝끼를 주체치 못해
허공에 몸을 던져
바람의 안무에 따라
빨간 막춤을 추며 뽕짝거리고
북악산팀의 뽕짝계 레전드인 노랑 단풍은
노랑 태권춤을 추며 뽕짝거린다.

울긋불긋한 뽕짝경연에는
반전에 반전이 있어 너무 재미있다.
깡마르고 거무틱틱한 낙엽이
신나는 뽕짝 퍼포먼스로
한 번 반전하더니
소리 없는 뽕짝으로 귀호강시키는

또 한 번의 반전으로
끝내 뽕짝 황관을 차지한다.

너 TV 나 TV처럼
남이 잘되면 배아파하고
따라하기에서 둘째가라는 서럽고
흥에서 둘째가라면 더더욱 서러운 땅
한반도가 아닌가!
단풍을 본떠 뽕짝경연을 연다.

어눌한 아류가 늘 그렇듯,
신나야 할 뽕짝경연은
한 많은 뽕짝경연이 되어
반전 없이 하늘로 솟으면서 뽕짝거리는
부동산이 미이고
반전을 두어 번 한 정치가 선이고
이름조차 들어보지도 못한
불청객인 COVID-19가
끝없는 반전을 거듭하더니
압도적인 진이다.

\>

아, 통편집하고픈

2020년 한반도의 슬픈 뽕짝이여!

* 홍데믹fundemic : pandemic을 본떠 만든 저자의 조어.

골프연습

온 나라는 COVID-19로 뒤숭숭하고
되는 일 하나 없던 날의 퇴근 길
에라, 골프 연습장에나 가자.

아지랑이처럼 아련히 올라오는 골프공이
아부장이 과장 얼굴과 오브랩된다.
저 얼굴 막 묵사발을 내야지.
아뿔싸, 훅이로구나.
실루엣처럼 올라오는 공이
얼굴을 들이밀며 나를 야단치던
부장 얼굴만큼 커질 때
저 얼굴 박살 내야지.
맙소사, 슬라이스로구나.

밉상스러운 모든 얼굴들을 떠올리며
신나게 두들겨 패고 있는데,
"이번엔 타핑이네요."
말을 건 사람은 앞자리에서 연습하던
마스크를 쓴 백발의 노신사였다.
"기계와 골프공은 살살 다루어야죠. 반발을 잘 해서요."

"과장, 부장, 사장. 그들 얼굴을 막 두들겨 패는 중이거든요"

"왜요?"

"오늘, 나 때문에 회장한테 꾸지람들었다며 나에게 지랄발광
했어요,

　자세히 살펴보면 그 일 잘한 건데, 그걸 모르는

　멍청이 같은 회장을 두들겨 패주고 싶은데,

　마스크 쓰기 전 한두 번 보았을 뿐이라 얼굴 기억이 잘 안 나
요."

"그 대신, 기억이 잘 나는 애꿎은 부인 얼굴을 두들기지는 않
았나요?"

"도사네요."

"마스크 시대에 스트레스를 푸는 대상은 가까운 사람이지요."

"……."

"여자도 골프공 같아요, 세게 다루면 어디로 튈지 몰라요.
이번엔 올라오는 공을 마스크를 쓴 회장 얼굴이라 생각해요."

"그러죠." 하고 힘껏 내려쳤다.

"생크네요."

그렇게 말을 내뱉고는 그가 타석을 떠나기 전
나를 돌아보며 마스크를 벗고 씩 웃곤

다시 마스크를 쓰고 가버렸다.

맞아, 저 얼굴이 회장 얼굴이야.

내일 출근해 사표를 내야 하나?

아니야, 자기가 한 말이 있으니 나를 살살 다룰 거야.

아니면, 정치인처럼

자기가 한 말에 대한 건망증 증후군을 앓아

오늘 일을 말끔히 잊을지도 모르지.

에라, 공이나 치자. 힘껏 내리치니 뒷땅이다.

제기랄, 오늘 끝까지 머피법칙이네,

3일간의 꿈
― 남북 이산가족 상봉일에 부쳐

철마야, 그 어느 날
네가 고함치며 질주하던 길이
남북으로 두 동강 났고 그 상채기에
정겨운 얼굴이 모두 희미한 안개로 피어올랐지
상채기의 모든 초목이 철조망이 되자
너는 임진강 언저리에 주저앉아
"나는 달리고 싶다."라고 절규했지.
철조망은 그 절규를 삼키었고
안개가 된 내 사랑하는 얼굴도 모두 삼키었다.

그날부터 네가 주저앉은 언저리에는
누구도 높이를 가져서는 안 되는 땅
사랑하는 얼굴들은 이쪽과 저쪽에서
백지장처럼 납작 엎드려
마주 겨눈 총구에서 서로 사랑해야 했고
"쏘지마, 쏘지마!" 하는 너의 절규는
들리지도 들어주지도 않는 넋두리일 뿐.

기억이 점점 희미해지던 어느 날
철조망이 나의 사랑하는 얼굴을 토해내자

우리는 총을 버리고 자기 키만큼 일어설 수 있었다.
나는 아버님, 어머님, 아들아, 딸아,
형님, 누님, 아우야, 누이야라고 네가 절규해주는
나의 그리운 얼굴들을 끌어안고 울고 웃었지.

우리가 비비던 얼굴은 환상인가?
네가 지른 절규는 환청인가?
웃고 울던 게 모유병 탓이었나?
두어 번 해가 뜨고 지자
네가 달리던 길은 여전히 동강 나 있고
그 상채기에 철조망은 처져 있고
그리운 얼굴들은 희미한 안개로 자욱하고
임진강 언저리에 너는 허탈해하고
우리는 다시 엎드려 서로 총구를 겨누고 있더구나.

철마야, 포기하지 말자.
그 3일간 서로 나눈 체온이
가슴을 뜨겁게 데우는구나.
뜨거운 가슴 속의 기억이
아픔으로 자랄 때

우리는 다시 총구를 내려놓고
사랑하는 얼굴을 서로 비비며
너에게 몸을 맡기리니 그때
너의 엇박자 기적소리 반주에
우리도 엇박자 뽕짝을 목놓아 부르며
청산리 전투장, 봉오동 전투장
우리 조상의 얼이 담긴
우리 분단의 진원지인
만주와 시베리아를
신나게 누벼보자.

귤 고르기
― 어느 대선일에

　대통령을 뽑던 날 아침, 찬거리를 봐야 한다는 그녀를 따라갔다. 이것저것 다 챙긴 후, 그녀가 드디어 수북이 쌓인 귤 더미에서 귤을 고르기 시작했다. 내 보기엔 엇비슷한 것들에서 보지도 않고 퇴짜를 놓는다든가, 때로는 한 번 퇴짜 놓은 것을 다시 집어 바구니에 담는다든가 하는, 솔직히 말해 좀 난해한 그녀의 귤 고르기 심리를 읽는다는 것은 뜬구름이 어디로 흐를지를 알아내는 것과 같은 것, 귤을 고른 후 대단히 만족스러워하는 그녀, 나도 덩달아 신이 났다.

　투표소로 가는 길에 그녀에게 귤 고르기 기준을 물어보았다. 그녀가 말하기를 고르기란 같은 것 중에서 다른 것을, 다른 것 중에서 같은 것을 집는 것. 때로는 때깔 좋은 것을 미련 없이 버릴 줄 아는 지혜, 때깔 나쁜 것을 선뜻 집는 배짱 그리고 버린 걸 다시 주워 담는 건망증이 습관성으로 배인 또 뽑기라는 것. 그게 귤 고르기이고 대통령 고르기라는 것.

　그녀가 말하는 기준을 적용해 이번은 제대로 투표해야지. 그러기 위해 한 치라도 귀가 큰 후보에게 내 신성한 한 표를 주어야지. 오늘 아침 시장에 따라가 그녀가 집었다 퇴짜 놓은 귤을 슬쩍 장바구니에 담아와서 먹어보고 그녀가 고른 것을 먹어 봐도

별반 맛에 차이가 있지 않던데. 제기랄, 누구면 어때, 얼굴로 맘을 감추든 말로 맘을 꾸미든 다 그 놈이 그 놈이지. 신경 쓸 필요가 없지. 그러면서도 괜히 신경 쓰이는 날. 그게 대통령 선거라는 것.

나보다 먼저 투표하고 나오며 누구를 골랐는지에 대해 가타부타 않는 그녀에게 말을 건다. "당나귀 귀를 가진 임금님 후보가 있더냐?" "이 양반아. 지금이 조선시대인 줄 아나 봐. 요새 대통령 시대는 성형시대라 너나없이 큰 귀의 당나귀 시대라잖아욧!" "맞아, 그렇지!" "오늘은 대충 아무거나 고르고 앞으로 날 부지런히 따라다니며 성형한 귤과 안 한 귤의 맛 차이의 식별법을 연습이나 해욧!" 나를 무시하는 그녀의 말에 의기소침하며 투표장으로 들어간다. 맞아, 요새 TV를 틀면 나오는 뽕짝에서 그녀가 귤 고르듯 대통령 고르라고 했지. 그 TV에서처럼 엔딩 노랫말로 나는 뽕짝 리듬으로 그녀에게 대답한다, "알았……어요!"

Her House

It was on the twenty—fourth hour of a sad day.

I was lost in a maze and luckily arrived at her house.

A white winter was just going over the Mobius Strip.

A green spring was coming up along the strip.

I opened all the fairy—story books in the house.

Colorful pictures came out and blossomed as flowers

Wherever my eyesight touched.

Rhymes flew out as bees and butterflies.

Condensed words were melting into the frozen ditch.

Then, the sun jumped into the ditch.

Followed by the full moon and the twinkling stars.

The water spray shot up and arched the house with a
rainbow.

The time was a midday and a midnight,

Entering the twenty—fifth hour of the fifth season.

I announced that I, Aladdin, would hold a big party.

Then Snow White came down from the sky.

While Mickey and Minnie Mouse were applauding,

I and she danced along the Mobius Strip.

Finally, I found happiness at her house.

* Auther's note : Last month, my daughter, Jane, had
a poem. "Winter Snow," chosen as a semi−finalist
that will be published in a book. She lives in Amer−
ica and I live in Korea. I thought it would be a good
memory if our poems were published in the same
book while I am visiting her and my younger daugh−
ter, Yein. I recall last summer when I was invited to
my friend's house, located just below a pass. I felt
that watching cars going up and down the wind−
ing pass was just like watching people going up and
down their winding lives. I hope this good memory
helps Jane survive the tough courses in her junior
year of high school.

30년 지기를 응원한다

곽상희 시인

30년 지기를 응원한다

곽상희 시인

　메일을 연다. 기억 저편의 망각 속에 겹겹이 쌓여 이름조차 가물거리는 표영인 씨가 첫 시집을 낸다며 격려의 글을 부탁하는 글이다. 잠시 눈을 감아본다. 시모임 등에서 몇 번 시를 논하던 그가 미국 생활을 접고 영구 귀국하기 전 저녁 식사를 같이한 추억이 길고 긴 그의 이메일만큼이나 아련한 30년 전의 일이다. 세월이 빠르긴 빠른가 보다. 서로 열심히 산다는 핑계로 잊다시피 지내는 동안 벌써 30년 지기가 된 걸 보니.

　그의 시 세계는 어떨까? 그 당시에도 시가 인상 깊었다는 게 어렴풋한 기억이지만, 그것으로 글을 쓸 수는 없다. 그가 이메일에 첨부한 시들을 읽어보자. 첫 시부터 내 생애 처음으로 시가 참 재미있다는 말을 중얼거린다. 그런 재미는 티 없이 맑고 순진한 그의 시 정신에서 나오는 것 같다. 동시 같기도 한 어른을 위한 시「아이들은 작은 하느님이다」와「희망찬 동화 세상」의 두 편에서 그런 시 정신이 더욱 뚜렷하다. 바다 건너 들리는 바로는 조국은 정치와 사회가 다소 혼란스럽다. 코로나라는 팬데믹pandemic으로 세계도 혼란스럽다. 그래 그런지 혼란스러운 내 맘으로 그의 맑고 순진한 시 정신이 생명수같이 쫄쫄 흐른다. 이 생명수가 모든 독자의 맘속으로도 흘러가 이런저런 이유로 아픈 마음을 치유하면 좋지 않을까? 그가 부탁한 글을 써야겠다. 오히려 이런 시를 많이 써달라고 내가 부탁해야겠다.

그의 시 세계로 한 발 더 들어가 보자. 「녹차를 마시며」란 시에서 "사랑이란 녹차를 마시듯/ (중략)/ 입맛을 다시며"는 누구나 해보고픈 진정한 사랑이 어떠해야 하는지를 일깨워준다. 그가 유학 초기에 겪은 언어장벽을 노래한 시 「수화」에서 "마침내 빈 하늘을 향하여/ 휘젓고 휘젓는/ 바람개비 같은/ 저 손가락 끝에서/ 서럽게/ 서럽게/ 몸부림친다."는 나의 유학 초기의 추억을 노래하는 것 같다. 「뉴턴 이후」란 시에 이르러서는 뉴턴의 만유인력에도 시적 낭만을 발견하는 그 특유의 관찰력과 창의력이 돋보인다. 이런 관찰력과 창의력은 「피카소」, 「베토벤의 제10 자연 교향곡」에서 더욱 두드러지다.

그에게는 작품 활동에 대해 남다른 소신이 있다. 즉, 한두 사람이 "너는 오늘부터 시인이야"라는 한국 문단 특유의 등단제도를 거부하고 제도권 밖에서 시를 쓴다. 독자가 시인을 만드는 미국에서 유학생으로 또 교수로 오래 산 탓이리라. 이 소신은 지겹고 지칠 만큼의 긴 시적 고독과 꺼지지 않는 시적 열정을 요구한다. 그렇게 쌓은 내공으로 엮은 이 시집은 독자로부터 직접 평가받고 싶어 하는 그의 소신 기반 정공법적 선택이리라. 이 격려 글을 구태여 기억에도 가물거리는 내게 부탁한 건 내가 그런 소신을 이해할 만큼 미국에 오래 살았기 때문일 것이다. 그의 소신을 지지한다. 쉽지 않은 그 길을 묵묵히 걸어온 30년 지기를 응원한다. 그의 시를 좋아한다. 다만, 진작 나왔더라면 하는 아쉬움이 있다. 시집이 잘 팔리지 않는 시대라 그의 시가 독자로부터 충분한 평가를 받을 수 있을까 하는 걱정 때문이다. 어쩜 이 글이 그의 시집에 흠이 되지 않을까도 염려된다.

  끝으로 시집 출간을 진심으로 축하한다. 아울러 많은 사람이 이런 멋진 시를 즐겨 읽기를 기대해 본다.

뉴욕에서(2021 06 19)

아직도 사랑이 있어야 하는 이유

황정산 시인 · 문학평론가

아직도 사랑이 있어야 하는 이유

황정산 시인 · 문학평론가

1. 들어가며

  예로부터 수많은 시들이 그리고 노래들이 사랑에 대해 얘기해 왔다. 그럼에도 불구하고 지금도 어디에서인가 사랑에 관한 또 다른 노래나 시가 만들어지고 있을 것이다. 그렇게 많은 사랑 노래, 사랑의 시, 사랑의 이야기가 만들어져 왔지만 아직도 그것이 또 만들어지고 있는 이유는 무엇일까? 사랑은 다 다른 모습을 하고 있기 때문이다. 사랑은 추상화될 수 없는 것이다. 사랑이라는 감정의 진폭도 농담도 그 빛깔도 사랑을 하는 사람마다 또 사랑하는 대상마다 천차만별이기 때문이다. 사랑은 오직 인간의 육신과 그 육신의 구체적인 반응으로 느껴지는 정서적 경험이다. 그러므로 '사랑'이라는 단어로 표현하기는 하지만 우리 모두는 다 서로 다른 각자의 사랑을 경험할 뿐이다. 사랑의 시를 우리가 계속 쓸 수밖에 없는 이유가 바로 여기에 있다.

  표영인 시인의 이번 시집은 전체가 사랑의 기록이라 해도 과언은 아니다. 그의 시에 있어 사랑은 중요한 주제일 뿐만 아니라 그가 시를 쓰게 된 근본적 동인이기도 하다. 하지만 그의 시들은 이른바 흔히 말하는 '사랑타령'과 거리가 멀다. 사랑하는 대상이나 사랑하는 자신에 대한 성찰 없이 사랑에 감상적으로 탐닉할 때 우리는 그것을 '값싼 사랑타령'이라고 부른다. 유행가 가사를 들으며 진지하게 사랑을 생각할 수 없는 것은 바로 이런 이유에서이다.

이에 비해 표영인의 시들은 사랑을 얘기하고 있지만 그 사랑이 통속적이거나 감상적이지 않다. 표영인 시인은 사랑을 구체적인 자신의 삶에서 떠올리고 그 사랑이 삶의 어느 자락에서 의미를 가지게 되는지를 성찰한다. 시인이 자신의 인생 여정을 통해 이런 것들을 돌아보는 성숙된 안목을 가지고 있기 때문에 가능한 일이다.

2. 사랑의 여러 모습들

표영인 시인이 시를 쓰기 시작한 것은 아마 사랑 때문이었을 것이다. 사랑을 표현할 언어를 찾기 위해 그리고 사랑하는 대상에게 자신을 전달할 수 있는 방법을 찾기 위해 시인은 시를 써 자신의 심정을 절실하게 표현하리라 생각했을 것이다. 다음 시에서 그것을 확인할 수 있다.

가을걷이로 거둔 게 가득한 마당에서
휘영청 밝은 보름달을 국화 찻잔에 띄우고
이마를 맞댄 그대 눈동자에 비친 나를 바라보며
개나리꽃이 피기 시작한 시간부터

낙엽이 지기까지의 길고 긴

그대의 달고 쓴 이야기를 밤새 음미하며

국화차를 마시고 싶어요.

　　—「그녀에게 쓰는 가을 초대장」 부분

　이 시에서 시인은 사랑하고자 하는 어떤 대상을 향해 초대하는 말을 전하는 방식으로 사랑의 마음을 표현하고 있다. 초대장에는 봄에서 가을까지의 시간을 등장시켜 우리의 만남이 단순한 우연이나 충동으로 이루어진 것이 아님을 말하는 동시에 "달고 쓴 이야기"를 듣고 싶다고 하여 서로의 삶을 나누는 진지한 대화를 통해서 사랑의 순간이 가능함을 말하고 있다. 그럴 때만이 비로소 "그대 눈동자에 비친 나를 바라보"는 서로 간의 합일을 순간을 기대할 수 있다는 것이다. 하지만 타인을 받아들이고 그 타인과 함께 한다는 것이 쉬운 일은 아니다.

그대는

내 시혼詩魂의 원천이자

나의 텅 빈 시절의 한숨을

뿜어낼 수 있는 통로이고

내 죽은 시절의 언어를

부활시키는 여인이다.

오늘따라 더욱 그대가 보고 싶어

이 황량한 들판에 서서

그대를 위해 가장 아름다운 시를 쓰고 싶어

사랑이란 말의 모음 ㅏ를 입김으로

두 번 혹 불어 하늘에 날리자

흘러가는 구름이 모여들어

ㅅ ㄹ ㅇ이란 자음으로 채운다.

하늘에 쓴

나의 가장 아름다운 시를

어디에선가 몰래 읽고

살포시 미소 지으며

저 하늘에 답할

그대의 숨결 소리를

숨죽여 기다리리라.

— 「그녀에게 바치는 시」 전문

 이 시집의 표제작이기도 한 이 시는 첫 구절에서부터 사랑의 대상이 자신의 시혼의 원천임을 밝히고 있다. 그리고 그 대상을 통해서만 "텅 빈 시절"로 표현된 삶의 허무와 "죽은 시절"이라는 절망의 시간을 극복할 수 있다고 한다. 왜냐하면 사랑은 나를 확대하여 기존의 내가 아닌 또 다른 나로 새롭게 태어나는 일이기 때문이다. 사랑에 이런 의미를 부여할수록 사랑은 쉬운 일이 아니다. 그것은 많은 노력과 기다림을 통해 가능한 일이다. 시인은 그것을 하늘에 글자를 날리는 비유를 통해 표현하고 있다. 그런 노력을 통해 가장 아름다운 시를 쓰고 그것이 사랑으로 다시 돌아오기를 염원한다. 그것을 시인은 "그대의 숨결 소리를/ 숨죽

여 기다리리라"라는 간절한 언어로 보여주고 있다. 이렇듯 표영
인 시인에게 시를 쓰는 행위는 나 아닌 타인을 나의 삶에 받아들
이는 사랑이라는 지난한 고투를 실천하는 과정이다.

　다음 시는 그 쉽지 않은 사랑의 실천을 비유적으로 보여준다.

　　어머니는

　　당신의 양말에 구멍이 나면

　　얼핏 보아도 좀체 어울리지 않는 색깔인데도

　　기워놓고 보면 멋져 보일 것이라며

　　진작 버렸어야 했을 치마에서

　　조그만 조각 하나를 잘라내 기우셨다.

　　그러시면서 늘 웃으시었다.

　　어머니는

　　남편과의 인연이 구멍이 날 때마다

　　양말을 버리지 못하던 그 까닭으로

　　진작 버렸어야 했을 운명 한 조각을 도려내

　　모자이크처럼 멋지게 기우셨다.

　　그러시면서 늘 행복하셨다.

　　― 「인연」 전문

　병상에 계시는 어머니를 보면서 쓴 시이다. 지금은 비록 병상
에 누워계시지만 어머니가 행복할 수 있었던 이유는 자신의 운
명을 바쳐 한 사람을 사랑할 수 있었기 때문이다. 시인은 그것
을 구멍난 양말을 기우시던 어머니의 이미지를 통해 보여주고

있다. "남편과의 인연이 구멍"난다는 표현처럼 가난한 삶일망정 자신의 모든 노력을 통해 사랑의 위기를 극복하는 지혜를 발휘하고 자신의 "치마에서 조그만 조각 하나를 잘라내"는 희생을 감내하는 사랑의 실천을 보여주셨던 것이다.

그런데 사랑의 과정이 쉽지 않은 것은 나와 대상과의 거리 때문이다.

> 낮에는 저마다
> 색깔이 있고
> 색깔이 있는 것은
> 아름답다.
> 아름다운 것은 모두
> 너무 멀리 있어
> 그리움이 된다.
> 그리움을 하나 둘
> 진종일 지우다 보면
> 지워진 것들이 모여
> 밤이 된다.
> 너무 멀리 있어
> 지워도 지워지지 않는 것들은
> 눈동자에 고여
> 두 볼을 타고 흐르는
> 서러움이 된다
> ㅡ「그리움」 전문

이 시는 "기러기 아빠의 노래"라는 부제가 달려 있다. 이 부제에서처럼 나와 대상은 멀리 떨어져 있다. 이 시에서는 그것이 물리적 거리로 상정되어 있지만 이는 비유일 뿐이고 사실 우리 모두는 사랑하는 대상과의 거리를 쉽게 좁히지 못한다. 서로 간의 존재의 방식이 다르기 때문이다. 시인은 그것을 "저마다/ 색깔이 있"다고 표현하고 있다. 그리고 저마다의 삶의 색깔이 다르기 때문에 아름다운 것이고 또 아름답기 때문에 사랑하게 되는 것이다. 여기에 바로 사랑의 아이러니가 존재한다. 서로 다르고 멀리 있기에 사랑하게 되지만 또 그 거리 때문에 쉽게 사랑을 이루지 못한다. 이 쉽게 이루지 못한 사랑이 바로 "그리움이 된다."

다음 시는 이 그리움의 정조를 좀 더 확대해서 보여준다.

어려서 나는
어느 구석에나
얼굴만 처박고 있으면
숨은 것으로 생각하고
숨바꼭질했다.
커서도
얼굴만 비 안 맞으면
비 안 맞는 줄 알고
망가진 비닐우산을 쓰고
비바람을 피해왔다.
지금은
몸만 떠나 있으면

고국을 잊겠노라고

마음은 미처 챙기지 못하고

타국 땅에 와 있다.

— 「망향望鄕」 전문

시인이 그리워하는 존재는 고국이고 고향이고 과거의 자기이다. 시인은 숨바꼭질을 통해 자기를 숨기고자 해왔다. 자기를 버리고 타인이 되고 싶어서였을 것이다. 그리하여 결국은 멀리 타국에 와 고국을 잊고자 한다. 하지만 시인은 "마음을 미처 챙기지 못"해 고국에 대한 그리움을 피하지 못한다. 비로소 자신이 떠난 고국과 지우려 했던 과거의 자신까지도 사랑하게 된 것이다. 그것은 과거의 나로 회귀하여 나를 축소시키는 것이 아니라 잊어버리고 있던 또는 잊고 싶었던 또 다른 나와의 만남이고 그것을 통한 나의 확대이다. 밖에 나가 있을 때 비로소 안을 더 잘 알게 되고 또 진정으로 그것을 사랑하게 되는 이치가 바로 이것이라 할 수 있다.

3. 사랑으로 가는 여러 행로들

사랑을 실천하고 사랑하는 대상과 함께 하기 위해서는 우리는 무엇을 해야 할까? 많은 종교적 교리, 여러 철학서들과 심리학 서적들이 수많은 해법을 제시하지만 어느 하나도 완전한 정답이라 할 수는 없다. 앞서도 지적했듯이 각자의 사랑의 모습과 방식이 다 다르기 때문이다. 표영인 시인은 바로 시를 통해 사랑을 실천하는 여러 방식들을 우리들로 하여금 스스로 생각하게 만들어 준다. 그의 시는 사랑의 해법이 아니라 사랑의 행로를 찾아가는 안내서라 할 수 있다.

우리의 희망둥이가 크레용을 잡는다.
화판에는 탐스러운 안개꽃이 만발하다.
그 아이가 손을 움직이기 시작한다.
그의 손길을 따라 안개꽃이 소용돌이친다.
잠시 후, 푸른 하늘이 펼쳐지고
빛나는 태양이 중천에 떠오르고
생명수로 가득 찬 넓은 바다가 출렁인다.
단 하나뿐인 동화세상이 그 모습을 드러낸다.

…(중략)…

우리 희망둥이는 이 아름다운 그림을 둘둘 만다.
조심스레 그걸 가슴에 안는다.
가슴으로 나누는 사랑으로 평생 동안
그는 이 그림을 우주로 숙성시켜 갈 것이다.
숙성된 우주 속에서는 서로들 가슴으로 나누는 사랑으로
또 하나의 희망찬 동화세상이 창조될 것이다.
더 아름답고
더 안개꽃으로 가득 찬
그런

— 「희망찬 동화세상」 부분

시인은 사랑의 실천 방안의 하나를 동심에서 찾는다. 아이가 그림 그리는 것을 보면서 그 아이가 펼치는 동화세상의 모습을 생각하고 시인은 그 안에 사랑이 잠재되어 있음을 느낀다. 우리는 사랑을 한다고 하지만 사실은 상대를 소유하고자 한다. 왜냐하면 모든 것이 소유로 표현되는 세상에 살고 있기 때문이다. 상대를 완전히 소유해야 비로소 그 사람이 나의 사람이 되었다고 생각한다. 하지만 이것은 사랑이 아니다. 그 대상을 좁은 나 안에 가두는 것이고 결국 그것은 사랑의 이름으로 행해지는 억압과 폭력이 된다. 사랑은 자신을 무한히 확대해서 나 아닌 것들로 나아가는 것이다. 시인은 어린 아이가 그린 그림을 보고 바로 이런 사랑의 모습을 떠올린다. 어린 아이들이 펼치는 "동화세상"에는 소유도 폭력도 존재하지 않는다. 거기에는 모든 것들이 서로의 가슴을 열고 "우주로 숙성시켜" 나아가는 존재의 확대인 진정한 사랑이 존재한다. 이 시의 마지막 구절 "그런"은 이런 생각을 하도록 우리를 촉구하고 있다. "그런" 삶을 생각해 보고 "그런" 삶이 가능하다는 희망을 포기하지 말라는 것이다.

다음 시가 이러한 성찰을 아주 잘 보여준다.

문득 차 안을 살펴봅니다.
나와 동행하는 자들 모두
그림자를 하나씩 가지고 있습니다.
귀신에게는 그림자가 없다는데.

춘천에서는 황금을 캐지 못해도
귀신이 되지 않나 봅니다.
그런데 내 그림자는 보이지 않습니다.
춘천에서 나만 황금을 캐지 못하고
귀신이 되었나 봅니다.

황금은 꿈속에만 있을 뿐
서울에도 춘천에도 없다.
그림자 없는 귀신이 되지 않기 위해
그날 후 나는 더 이상
춘천행 ITX를 타지 않습니다.
— 「경춘선 ITX를 타고」 부분

　시인은 자신을 그림자 없는 귀신이 되었다고 하고 자신만 "황
금을 캐지 못하고" 돌아오고 있다고 말한다. 시인은 그것을 한
탄하고 슬퍼하는 어조로 말하고 있지만 사실은 일종의 반어로
볼 수 있다. 자신만이 "황금"이라는 자본주의적 가치를 벗어날
수 있는 꿈을 꾸는 자임을 보여주고 싶은 것이다. 그것은 그가
시인이기 때문이다. 돈과 현실적 가치를 추구하는 것이 아니라
그런 것들로부터 벗어난 자신만의 가치 바로 사랑을 찾는 일이
바로 그가 생각한 시인의 길일 것이다. 이러한 경지를 시인은 다
음과 같이 굳건한 겨울나무의 이미지로 표현하고 있다.

　가진 것 다 버리었다.

진정한 무소유가 되기 위해
세찬 바람에 **뼈**를 부러뜨리며
신음마저 버리고 있다.
　―「겨울나무 1」전문

　사랑으로 나아가는 또 하나의 방식은 자연스러움이다. 자연의 모습과 소리에 귀를 기울일 수 있어야 한다는 것이다.

하느님이 이 세상을 아름답게 꾸밀 때
찌그러지나 깨지거나 색깔이 우중충하여
추하게 보이는 것들은 모두 여기저기
아무도 찾아내지 못할 곳에 숨겨버렸다.
숨은 그림 찾기를 잘하는 피카소가
그것들을 찾아내 얼기설기 늘어놓았다.
추한 것들도 늘어놓기에 따라
아름다울 수 있다는 것을
하느님도 처음 알았다.
맹랑한 피카소가 아뿔싸
반듯한 모양을 찌그리고 깨뜨리고
색깔이 아름다운 것은 북북 긁어서
아무렇게나 여기저기 던져놓았다.
아름다운 것을 추하게 만들어
아무렇게 던져 놓음으로써 오히려
더 아름다울 수 있다는 것을

하느님도 비로소 알았다.

하느님이 이 세상을 설계할 때
피카소와 상의했더라면
더 멋진 세상을 창조했을 텐데.
— 「피카소」 전문

시인은 추함을 받아들일 수 있어야 하고 그것을 받아들이고 보
여주는 것으로 자신의 예술을 완성한 피카소를 예찬하고 있다.
하느님이 창조한 자연에는 추함도 함께 있다. 그런데 이 추함을
받아들이고 보여줄 수 있을 때 진정한 아름다움이 보인다는 것이
다. 가공하고 꾸며서 예쁜 것을 만들어 내는 것에 진실이 있는 것
이 아니라 "아무렇게 던져 놓"아 추하게 보이는 것들 속에 진정한
아름다움도 삶의 진실도 들어 있다는 것이다. 사랑의 실천도 이
와 다르지 않을 것이다. 아름다운 모습과 행복한 순간만을 쫓는
다면 우리는 사랑의 허상만을 추구하게 될 게 분명하다.
　표영인 시인은 이 자연스러움을 음악에서 찾기도 한다.

하느님이 태초에 소리를 만들어
아무도 찾지 못하게 여기저기 숨겨두었다.
설혹 누가 찾아내더라도 조합하지 못하게
속 소리와 겉 소리로 분리하여 따로따로 숨겼다.
이를테면, 속 소리는 꾀꼬리의 입, 나비의 날개,
풀잎의 몸짓, 아기들 마음 등등에 보관하고

겉 소리는 구름, 바다, 황소의 목구멍 등등에 보관하였다.

— 「베토벤의 제10 자연교향곡」 부분

음악은 가장 시와 닮았다고 한다. 음악이 자연의 소리를 발견해서 재현하는 것이라면 시는 그 자연의 소리를 인간의 언어로 번역하는 것이다. 베토벤이 위대한 것은 인위적인 소리를 만들어낸 데 있는 것이 아니라 자연의 소리를 듣고 그것의 아름다움을 우리에게 다시 들려주고 자연을 만들어낸 어떤 질서의 힘을 보여주었다는 데 있다. 그리고 이 자연의 소리를 회복하고 그것의 아름다움을 발견하는 것은 어쩌면 세상에 대한 가장 큰 사랑의 실천일지도 모른다.

4. 맺으며

산 아래 말없이 사는 외로운 사람아,
어서 산에 올라가
야호! 하고 소리를 질러보라.
말없이 사는 외로운 그대의 짝
메아리가 야호! 하고 응답할 것이다.

— 「산에 관한 단상斷想」 부분

이 시집은 어쩌면 시인이 외친 "야호" 소리인지 모른다. 그가 찾던 메아리가 여기에 크게 응답하기를 바라면서 글을 마친다.

독자여!

표 영 인

저는 수 10년간 땅속에서 무명가수로 살다가
단지 1주일간 신나게 노래를 부르고 싶어
막 세상에 나온 웃는 매미smiling cicada입니다.
노래할 때 울어도 저절로 웃어지는
울음 DNA 결핍 증후군을 앓는 중입니다.
그런 제가 1주일간 부를 레퍼토리repertoire는 아래와 같아요.
저의 노래를 듣고 함께 부르다 보면 울어도 웃어질 테니
우리 함께 1주일간 즐겁게 합창하지 않으실래요?

한 번쯤은 해보고 싶은 사랑의 노래: **그대에게 바치는 시**(p. 14), **별나라 꽃나라**(p. 12)

아이가 되고 싶죠?: **아이들은 작은 하느님이다**(p. 30), **희망 찬 동화 세상**(p. 33)

그리움으로 눈물 날 때는 기러기아빠였던 저의 애창곡을 불러 봐요: **그리움**(p. 35), **종이비행기**(p. 41)

기발한 아이디어요?: **피카소**(p. 36), **베토벤의 제10 자연 교향곡**(p. 37)

세상에 나와 보니
노래를 들어줄 당나귀의 큰 귀가 보이지 않네요,
들어줄 귀가 없으면 노래는 노래가 아니고
노래 아닌 노래를 부르는 매미는 매미가 아닙니다.

그러나 그럴수록 더 열심히 노래할 겁니다.
둔탁한 목소리, 엇박자, 불협화음의 코러스,
반주를 뚫고 나오지 못하는 가창력, 불안한 음정.
그런 노래지만 자꾸 듣고
또 저와 함께 울면서 1주일간 부르다 보면
저절로 웃어져 행복해지고 싶은 당나귀가
어딘가에선 큰 귀를 쫑긋 세우리니!

표영인 시집

그녀에게 바치는 시

발   행 2021년 8월 14일
지 은 이 표영인
펴 낸 이 반송림
편집디자인 김지호
펴 낸 곳 도서출판 지혜 · 계간시전문지 애지
기획위원 반경환 이형권
주   소 34624 대전광역시 동구 태전로 57, 2층 도서출판 지혜 (삼성동)
전   화 042-625-1140
팩   스 042-627-1140
전자우편 ejisarang@hanmail.net
애지카페 cafe.daum.net/ejiliterature

ISBN : 979-11-5728-451-1 03810
값 10,000원

표영인

표영인表永仁 시인은 서울대학교 경영학과 졸업를 졸업했고, University of Connecticut MBA(경영학 석사)를 수료했고, Purdue University PhD(경영학박사)를 취득했다. Baruch College, The City University of New York (in the USA) 교수를 역임했고, 강원대학교 경영대 교수와 강원대학교 영자신문(영어신문) 지도교수로 재직했다. 본인의 이름자 永仁 중 永을 零, 靈, 圄으로, 仁을 人으로 바꾸어 零人(zeroman, 빵점인간), 靈人(귀신인간), 圄人(사바세계에 갇힌 사람), 影人(그림자 인간)을 호nickname로 사용한다. 때때로 '매미가 웃는 까닭'도 사용한다. 저서로는『왜를 설명한 회계원리』, 『Why?닷How!닷중급회계』 등의 전문교과서가 있고, 국내 외 학술논문 다수가 있다.

표영인 시인의 첫 번째 시집인『그녀에게 바치는 시』는 전체가 사랑의 기록이라 해도 과언은 아니다. 그의 시에 있어 사랑은 중요한 주제일 뿐만 아니라 그가 시를 쓰게 된 근본적 동인이기도 하다. 표영인 시인은 사랑을 구체적인 자신의 삶에서 떠올리고 그 사랑이 삶의 어느 자락에서 의미를 가지게 되는지를 성찰한다. 시인이 자신의 인생 여정을 통해 이런 것들을 돌아보는 성숙된 안목을 가지고 있기 때문에 가능한 일이다.

이메일 : poeticlife38@gmail.com